U0907593

退步主义者

坂口安吾

[日] 坂口安吾 —————— 著　侯咏馨 ————— 译

江苏凤凰文艺出版社
JIANGSU PHOENIX LITERATURE AND ART PUBLISHING, LTD

图书在版编目（CIP）数据

退步主义者 /（日）坂口安吾著；侯咏馨译．— 南京：江苏凤凰文艺出版社，2019.7
ISBN 978-7-5594-3708-2

Ⅰ．①退… Ⅱ．①坂… ②侯… Ⅲ．①中篇小说 – 小说集 – 日本 – 现代 ②短篇小说 – 小说集 – 日本 – 现代
Ⅳ．① I313.45

中国版本图书馆 CIP 数据核字 (2019) 第 084492 号

退步主义者

（日）坂口安吾 著　　侯咏馨 译

出 版 人　张在健
责任编辑　白　涵　刘洲原
特约编辑　范　迪
责任印制　刘　巍
出版发行　江苏凤凰文艺出版社
　　　　　南京市中央路 165 号，邮编：210009
网　　址　http://www.jswenyi.com
印　　刷　三河市祥达印刷包装有限公司
开　　本　787mm × 1092mm 1/32
印　　张　8.75
字　　数　126 千字
版　　次　2019 年 7 月第 1 版　2019 年 7 月第 1 次印刷
书　　号　ISBN 978 - 7 - 5594 - 3708 - 2
定　　价　39.80 元

背离“秩序”的狂人坂口安吾

任知

“太宰治被视为圭臬，而坂口安吾则渐渐被大家遗忘，就像石头浮在水面上，叶子却沉下去一样。”三岛由纪夫瞧不起太宰治，却对同是“无赖派”的坂口安吾推崇有加。太宰治在“丧文化”盛行的当下如日中天，坂口安吾也并没有被人们忘却，他“恢复人类真实的、原始的情感，回归精神的故乡”的创作基调是其作品不断得到后世回响、经久不衰的根本原因。

作家坂口安吾和太宰治一样，属于时代的孤儿与叛逆者。两人都算得上家世显赫、富甲一方。有说法称“如果坂口家的金币堆积起来的话，能到达五座山的山顶，即使阿贺野川的水流尽了，坂口家的财富也用不完”，安吾祖上有位名为八代津右卫门的祖先——“喜欢放烟花，在宅邸内还建了所工厂”“接待客人去酒馆时，喜欢模仿大名的阵仗，骑着马出去”“把酒馆的客厅当作田地铺满豆腐，让许多裸体的艺伎表演插秧”。坂口家的祖先们，因为有钱任性，大多都是这样肆意挥霍的性格。钱财不好好经营的话，终究还是会耗尽的。安吾的父亲坂口仁一郎，历经新潟米谷交易所理事长、新潟报社社长和县会议议长，而后升职为众议院议员，最后任宪政会的党总务职务。其父认识多位政界名人，热衷在政治活动上花费金钱，结果富裕的家族一路走向没落。安吾的性格中也有一些不计后果和挥霍无度的表现，可能是家族基因带来的吧。

安吾从小性格就十分叛逆，从不喜欢循规蹈矩地生活，经常逃学缺课。身为政治家的父亲在外忙碌，忽视了安吾。安吾的母亲阿佐是大地主吉田氏（五泉市本町）的女儿，虽然是知书达理的类型，但对安吾非常严厉。缺乏父爱的安吾希望从母亲身上得到加倍补偿，然而这种对爱的渴求再度落空，他对母亲产生了憎恶感，进而发展成对家的厌恶，他从未感受过家的温暖和父母的疼爱，所以导致他以后不断以反抗的姿态面对父母、面对文坛以及社会。

逃学、打架对于安吾来说是家常便饭，父母对他束手无策，亲戚和邻居也讨厌他。升入县立新潟中学后，由于患上了近视眼，看不清黑板的坂口成绩下滑了。他央求母亲买一副眼镜，母亲起初以没钱为由拒绝了，但是最后还是同意了。好不容易得到允许的坂口，却把近视镜买成了墨镜，因此被同学戏弄，他对学习丧失了兴趣，中学二年级因为四科不及格留级。家里请来家教为他辅导功课，但他依旧我行我素，常常逃课。对于这样的他，坂口的汉文老师说："像你这样自暴自弃且黑暗的人，叫'炳五'这个名字太可惜了，干脆叫'暗五'好了。"后来安吾就将"暗"改成"安"作为自己的笔名。因为无心学习，得不到周遭人的理解，沉迷于文艺是他自救的手段。十七岁那年，在期末考试的时候他交了白卷，被学校开除，他在教室的课桌盖子的背面刻下"余将成为伟大的落伍者，有朝一日重现于历史上”等字句。

父亲没有办法，将他安置到豊山中学三年级就读，安吾虽然在新学校里逃课如旧，但这期间对棒球、游泳和田径运动产生了浓厚的兴趣，他在棒球队当过投手，在跳高方面，在校际运动会上，他拿过冠军。1923年11月2日，坂口的父亲去世。坂口辗转多地居住，本来打算到山林隐居的他，因为父亲留下的10万日元外债而不得不工作。1925年3月，坂口决意去豊山中学任教，后来被茌原寻常高等小学录用，成为了世田谷下北泽教区的代用教师。他负责的五年级，有不少问题儿童。因为他自己讨厌学习，所以他从不强迫他们学习。他认为坏孩子也有颗淳朴的心。他的学生教唆同级生扒窃，因为怕事情败露被斥责，所以勤快地值日。安吾并没有责备他，只是告诫他“以后不能怂恿别人偷东西哦。如果无论如何都忍不住要做坏事，那就不要波及旁人……”，在他做临时教员的那一年，对学生尽力，面对棘手的事情认真对待，他在其随笔《风与光与二十岁的我》中追述了这段青春洋溢的时光。

受朋友的影响，安吾对宗教着了迷。为了专心研究佛教，他进入东洋大学学习。为求悟道，在一年半的时间里一直持续着每日只睡四个小时的生活习惯，因此患了神经衰弱症，后来通过拼命学习梵语、法语和拉丁语等语言加以克服。有一天，在大学的正门前从电车上下来的安吾被汽车撞到，受了重伤，甚至连头盖骨都被撞出了裂缝。此后留下了头疼和被害妄想的后遗症。芥川龙之介的自杀使他的病症更加严重，自杀欲和发狂倾向开始显现。

安吾个人性格的养成对其文学观的形成起着根源性的作用，他对传统文化和国民性表示质疑，经常对其前辈大肆批驳，对文坛旧有的秩序进行挑战。德国建筑家布鲁诺•陶特写《日本文化私观》大肆赞美日本传统木建筑，他应邀到喜爱田能村竹田画作的某富翁宅邸。富翁为其设宴，以茶道和高级膳食款待，主人捧来名画与来宾欣赏，陶特称该富翁过着内心富足的生活，其目的是为了“不丧失古代的文化传统”，安吾批驳他的论断轻率，毫无道理可言。

他落笔讽刺道：“陶特必须发现日本，而我们用不着发现日本也还是日本人，我们或许丢失了古代文化，但不可能丢失日本。”所谓国民性、传统里时而隐藏着谎言，大凡与自己脾性相悖的习惯和传统，人们也必须背负。对于人来说，日常的欲求最为重要，所以“京都的寺庙、奈良的大佛即使全毁了也没什么要紧的，但电车不通就麻烦了……法龙寺、平等院全被烧光都无所谓，如果有需要，可以拆掉法龙寺建停车场”。安吾抨击当时的国粹主义，观点特异，但这种偏激的观点有实用主义之嫌。

在艺术上安吾否定日本近代文学传统，对传统文学权威人士采取反抗的态度。他称评论家小林秀雄为“古董鉴定家”，说他的评论已经陈旧，不合时宜。他对夏目漱石描写的家庭问题小说加以指责，不喜欢他的“智和理”，“对于属于习俗的肉体他始终不屑一顾，对人与生俱来的自由本相从不过问，人生具有的欲望从未被他当成文学问题——知识、智慧对他而言，只是沉湎于奇妙习俗中的合理化游戏，而并没有探求过真正的人生和自我。”安吾通过《新生》直言说岛崎藤村是个“不诚实的作家”，说他“写小说是在绞尽脑汁地要小聪明，并非是与自己的灵魂苦战恶斗。他对真实的惧怕和烦恼没有表现在小说中，不过是按照模式化伦理为自己找借口。他精心构筑的这部巨著，只是苦恼救助自己的手段。”志贺直哉的短篇《灰色的月亮》写了一个童工饿死在电车里，他面对战后的悲惨现实，却从坚强、高尚的人格力量角度处理了这一题材，因此遭到安吾的痛骂。他批判志贺直哉的小说不能成为日本小说的正统，他的作品缺乏戏作性，流于表面。“只书写生活”这种单纯而无思想的真实，文章古董式的“真实”属于作文的范畴，根本不是文学，这些枯燥乏味的通俗读物招摇过市，那种可怜巴巴、装腔作势的私小说泛滥成灾，作家精神则被无情地阉割掉了，所以要消灭日本的“私小说”这一腐旧的观念。

他的随笔《堕落论》和短篇小说《白痴》写于战败之际，均发表于1946年，可以互文阅读，后来他又写了《后堕落论》《颓废文学论》和《戏作者文学论》等文章，一再主张“不是因为战败了所以堕落。是人就堕落，活着就只有堕落”。堕落和颓废是人的本性，无论发生什么事情也无法改变这种本性。他在《堕落论》开篇这样写道：战败后半年之间，世道就变了。“我等天皇卫士，慷慨奔赴疆场”“唯愿死在君侧，绝不顾虑生命”——青年们曾经血染战地，而他们之中的幸存者则成了黑市商人。“不求活百岁，但愿结连理。送郎上战场，征战为天皇”——女人们曾经深明大义送郎从军，而半年之间，祭拜亡夫牌位也越来越徒具形式，她们心中思念新情郎的日子也已为期不远。不是人变了，而是人原本就是如此，变了的只是世道的外皮。

小说《白痴》中弥漫着浅浅的感伤，里面蕴含对社会旧秩序的不满，如何挣扎、如何虚无也改变不了生活现状的无奈。《战争和一个女人》揭露了战争令时代变得荒谬，人卑微地活着，即使死了也没有任何价值。战争给普通民众的生命、财产以及精神带来了极大的创伤，人们每日面对死亡，财物和住所随时可能被毁灭，生与死、希望与绝望、自弃与自救等充满矛盾的想法交织在一起，人堕落是为了生存，是在死亡面前越发追求生存的本能。

坂口安吾的堕落并非为堕落而堕落，为颓废而颓废，而是去除虚伪，恢复人类本性。他这种堕落不是一般意义上的道德败坏的堕落，而是战后得以生存，从绝望中脱离旧制度，必须反其道而行。他为日本人找到一条救赎之路，生存——堕落——重生。战后旧的社会秩序摇摇欲坠，新的制度尚未建立，整个国民的心理陷入了虚无状态，社会整体的精神状态步入颓废堕落的泥潭。坂口安吾深刻体会到国民的精神实质，准确透析当时社会的价值内涵。其作品以破坏性、逆反性的道德观和价值观令人耳目一新，其思想在混沌纷乱的文坛中独树一帜，故而他的作品给众多青年以思想震撼，拥有大量的读者。

坂口安吾的母亲、初恋和妻子

安吾的生命中有三个重要的女人，上面提到的他的母亲正是其中之一。母爱的缺失对他创作中塑造的冷漠的女性角色密不可分。他遭受初恋女友矢田津世子的背叛，这也是切肤之痛。最后在妻子梶三千代的包容和理解下，他对女性才得以改观。在《白痴》《战争和一个女人》《盛开的樱花林下》《夜长姬与耳男》《青面鬼洗兜裆布》等作品中塑造的“圣妇”“娼妇”“妖妇”形象都折射出母亲、初恋和妻子的现实印象，无不体现出幼时缺乏母爱、家庭温暖不足的内心孤寂，对女性的迷恋与质疑否定错位交织。

昭和7年（1932年）对于二十七岁的坂口安吾来说意义非凡，他通过加藤英伦的引荐结识了矢田津世子，她的出现改变了安吾今后的人生轨迹。矢田津世子称得上是才女和美女，她在昭和5年(1930年)以《穿越陷阱的女人》当选《文学时代》的悬赏小说，登上文坛。此后她的小说《神楽坂》荣获了第三届芥川赏的提名，还在涉谷实导演、田中绢代主演的电影《母与子》中担任编剧。川端康成曾诚恳地建议她去做“映画女优”，可见其貌美不俗。

坂口安吾与矢田津世子一见钟情，随即陷入热恋。对于坂口安吾来说，她就像是圣女一样满足了他对母性光辉的憧憬，是一位理想的女性。二人数次约会，互相爱慕，并一度谈婚论嫁。但是在安吾得知她是某个新闻文化部部长的情人之后，瞬间跌入苦痛的地狱。

虽说二人交往了五年，但他们从未发生过肉体关系，只在第五年冬天快分手时接过一次吻，这种柏拉图式的恋爱虽说有些奇葩，但是可以看出安吾对津世子的珍爱。这种认真态度，有别于太宰治。在二人交往期间，安吾没碰津世子，却同酒馆老板娘发生了关系，这种精神和肉体上的矛盾，贯穿他此后的人生，他作品中的女性角色，或多或少都有津世子的影子。1936年6月津世子决意同安吾分开，安吾受此冲击，以这段恋爱经历为素材写作《吹雪物语》，耗时两年半，这部他毕生最长（28万字）的作品，在7月由竹村书房刊行，然而却未能如愿得到世间认可，反被批为安吾最为失败的“浑身作”。安吾缺乏那种驾驭长篇的能力，而且观其一生的文学作品，半途而废或者失败的作品颇多。

按安吾自己所述：“为了给自己的半生划分阶段，这部小说用尽了我前半生所有的灵感，在这里埋葬我的过去。因此，这部小说创作结束的时候也是我后半生新的出发点。可以说是重新充满希望，我从现在开始打算改变我的人生。”这段话反映出他郁闷的心声，同时评论者也可以看出津世子是安吾精神的最高出发点。从此以后，安吾每日寻欢作乐，和酒吧的老板娘们保持着密切关系。1944年津世子因肺结核死去。在《二十七岁》中他说：“在这战争中矢田津世子死了。我握着她的死亡通知书，在两三分钟之间流下了两行泪。”

津世子是安吾的初恋，与津世子分手对安吾造成了巨大的伤害。此后，他再没有什么正式的女友，直至十多年后，与后来成为他妻子的梶三千代相遇。与他的初恋相比，坂口安吾与三千代的恋情则显得平淡，二人相识于1947年3月。4月初三千代因为盲肠炎入院进行了紧急手术，之后的一个月安吾在医院照顾三千代，在此期间，二人感情日渐深厚，出院后二人就结婚了。婚后，坂口安吾又创作了推理小说等多种类型的作品，可以说都是受妻子三千代的影响。与三千代结婚后，受到三千代无微不至的关心与照顾的坂口安吾感受到了女性的温柔，这改变了他长期以来对女性的看法。在《盛开的樱花林下》与《夜长姬与耳男》两部小说中安吾描写了女性的残酷，恰恰是在拥有了三千代这样的贤妻的辅助下写就的。因为妻子三千代，安吾能够客观地审视自己，也平复了之前受到的伤，可以说是三千代将安吾从精神和肉体的矛盾中解救了出来。

安吾从41岁开始服用兴奋剂一直服用到49岁，他的创作从未间断。人通常在精神错乱的状态下是无法写作的，然而他写的小说和评论结构完整，逻辑有条不紊。其后期的创作量是惊人的，他喜欢深夜写稿，有时连写七天七夜不眠不休，像《盛开的樱花树下》《退步主义者》《安吾巷谈》《堕落论》《白痴》和《信长》等名作源源不断地在他的笔下喷出。他通常服用兴奋剂之后写作，失眠时用威士忌服用安眠药。他一旦不服用兴奋剂，就会鼻涕流入胃里，痛苦难耐。大量服用兴奋剂会出现幻听幻视的症状，口齿变得不清楚，他会拿着球棒四处挥舞，在寒冬时节赤身裸体往外跑，在极端情况下，他无法控制自己的行为。

安吾的妻子三千代和太宰治的妻子美知子，在我眼里都算得上是有牺牲精神的贤妻，对安吾全心全意，她们竭力理解自己的“无赖”丈夫，太宰还好点，都是在外面“疯”，安吾则是在家里闹，三千代没有超乎常人的忍耐和包容，是无法与他相处下去的。阅读她写的《神志不清的日记》可以更了解她和安吾的生活状态，三千代经常被安吾命令在家附近的药房购药，甚至跑到附近乡镇去；深夜让她去买酒，拿出码表计时；药物中毒的安吾有时要一天进餐六次，三千代如果端出同样的菜品，她就会被安吾骂，说她把自己当成垃圾桶了。有次安吾说要从二楼跳下去，三千代立即把棉被搬到楼下，以免他摔伤。

有次安吾莫名其妙说自己在外面养了个小老婆并让三千代去见，三千代躲进洗手间，安吾就用家具把房门堵住，打来一桶水，从窗户口往里泼，他将点着的香烟放在易燃的梳妆台上，差点引发火灾，三千代大声喊来用人，这才把火扑灭。据三千代的用人说，安吾经常会离家出走，一种情况是生夫人的气，另一种情况是当稿子写完时。他会一个多月闷在家里拼命写作，等稿子一写完就出去喝酒。他会把家里所有的钱都拿走，有多少就拿多少，直到全花光才回来。短则三四天，长则二十多天。三千代也不知道他跑哪儿去了，也不知道他什么时候才能回来，只能在家等着。可见作家的夫人是多么不容易啊。

1951年5月出现了“滞纳税金事件”，税务员给他的书籍和物品都贴上了封条，他单枪匹马地和国税局干了起来，在《中央公论》上发表题为“不赢官司誓不罢休”的文章。同年又闹出“揭发自行车竞赛舞弊事件”，安吾发现组织者将最后冲刺选手到达终点的顺序颠倒了。于是他便向静冈地检沼津支部起诉静冈县自行车振兴会理事长舞弊。振兴会背后有暴力团支撑，安吾感到危险。安吾因为打官司赔光了稿费和财产，带着老婆、孩子和狗四处躲避，直到整个事件冷却下来。他各处寄食，跑到朋友位于东京石神井的檀一雄家，有天他突然命令妻子三千代去订购一百人份的咖喱饭，咖喱饭不断送上门来，摆满了整个廊檐，结果亲友只来了二三十人。安吾盘着腿坐着依次把咖喱饭给吃完了。尽管是借住在别人家里，也要订购一百人份咖喱饭的安吾也算是个破天荒的人物吧，这种不计后果的洒脱，让人瞠目称奇。“揭发自行车竞赛舞弊事件”展现了安吾不畏强权的斗争精神。时间证明是新闻媒体和法庭出于某种利害关系考虑，对不正当行为妥协。反而是“精神异常”的安吾一身正气，拒绝向专制和权势低头。

本文作者简介：

任知，诗人、作家、日本文化学者。曾主编独立诗刊《个》，著有诗集《孤屿心》、日本文化集《完全治愈系》《东瀛文人风谭》等，现在主要从事日本文化研究。

目　录

诠释堕落真谛的无赖派文学旗手

——话说坂口安吾

读坂口安吾的文学，总让我觉得像身处隧道之中，毫无多余之物，空阔而旷荡，干冷的风吹透而来。显而易见地，这隧道是一条单行的笔直通路，彼端浮现着一团幻梦般的光亮。这个人不怕未来，也不爱未来：因为这个人正是以他那宛若隧道的躯体，贯穿至未来。

——三岛由纪夫

他的作品，随笔是小说性的，小说是随笔性的，虽然没有一般作家该有的、堪称代表作的作品，却也正因如此，他至今仍持续吸引着我们。

——柄谷行人

大学时代的坂口总是起得非常早，早上五点已经看得到他在埋首书桌前的身影。他并没有汲汲营营于赚稿费，当时也没想到后来会畅销。尽管如此他仍持续着每天写作的生活，日复一日笔耕不辍，有时连一口饭都没碰。他之所以能如此迅速地创作出大量作品并不是一天造就出来的，而是归功于超乎常人的勤勉努力。

——三好达治

虽然一般人对他的印象无非是豪放、无赖、随心所欲和无所不为，但事实上他是个内心像女性般纤细、行事一丝不苟，且恪守纪律比常人强上一倍的人。

——坂口三千代（坂口安吾之妻）

放纵于麻药、睡眠与写作之间

——坂口安吾小传与重要著作年表

坂口安吾，本名坂口炳五，1906年出生于日本新潟豪门世家。从“炳五”这个名字看来，他在出生时被家族赋予了“光明的第五子”之期许。然而他从小叛逆，频繁地逃课，不仅是邻居眼中的孩子王，中学时还因被汉文老师斥责为“不配炳五之名的孩子”而将他改名为“暗五”（日文音同“安吾”），成为“坂口安吾”这一笔名的由来。

与晦暗的青春期恰成对比，坂口安吾二十五岁开始于日本文坛展露光芒。短篇作品《风博士》《黑谷村》被小说家牧野信一绝赞不已，将他一举推上日本文坛新进作家之流，战后发表的评论《堕落论》与小说《白痴》更在社会与文学界掀起狂潮，他与太宰治、织田作之助等人并列为浪漫而颓废的“无赖派”作家。在他极致放纵式的书写状态背后，却始终缠绕着深刻的精神疾病。身处绝望之中无法书写，于是仰赖麻药振作精神。过量的麻药令他无法成眠，于是便依赖更大量的安眠药逼自己忘记书写。他在麻药与睡眠之间博弈，仍大量产出推理小说、历史小说、随笔散文和文艺评论等精彩作品，如同他为自己下的脚注：“我的精神之所以异常，全都是因为我的作品如此健全害的。”1955年，因脑出血猝死，享年50岁。

1923年（大正十二年）	18岁	父亲坂口仁一郎过世。
1922年（大正十一年）	17岁	因英语和博物（学习动物、植物和矿物等）两学科成绩不及格而留级。九月，随父亲和兄长搬家至东京，转学到东京私立丰山中学（现日本大学丰山高等学校）就读。
1920年（大正九年）	15岁	开始对谷崎润一郎的作品及巴尔扎克的《绝对的探求》和《文学的本质》产生了浓厚的兴趣，同时萌生了早日成为小说家的梦想。
1919年（大正八年）	14岁	四月，县立新潟中学（现县立新潟高校）入学。被中学汉文老师戏称为『暗五』，成为日后笔名『安吾』的由来。
1913年（大正二年）	8岁	四月，新潟寻常高等小学（现新潟市立新潟小学）入学。
1911年（明治四十四年）	6岁	四月，西堀幼儿园入园。
1906年（明治三十九年）	1岁	十月二十日，出生于新潟县新潟市内西大町，本名坂口炳五，为家中第五子。

1930年（昭和五年）	25岁	三月，自东洋大学毕业，并于法语学校升上高等科。十一月，和法语学校认识的朋友共同创刊同人杂志《言叶》，其中包括芥川龙之介的外甥葛卷义敏和日后的法国文学翻译家江口清等人。
1928年（昭和三年）	23岁	进入Athénée Français法语学校初等科就读，热衷于阅读莫里哀和伏尔泰等文学大家的作品，更加坚定了成为小说家的梦想。
1927年（昭和二年）	22岁	为了学习外语，以及历经车祸与芥川龙之介自杀等身心打击，持续了很长一段时间每天只睡四小时的生活，也因此导致重度神经衰弱。
1926年（大正十五年）	21岁	辞掉代课老师职位，进入东洋大学印度哲学伦理学科第二科就读。
1925年（大正十四年）	20岁	自丰山中学毕业，开始在荏原寻常高等小学（现若林小学）分校（现代沢小学）担任代课老师。

1936年（昭和十一年）	31岁	三月，收到牧野信一自杀的消息深受打击，为此中断一月开始的小说连载。六月，和矢田津世子分手。十一月，执笔以自己和矢田津世子的恋爱故事为蓝本的长篇小说《吹雪物语》。
1935年（昭和十年）	30岁	六月，出版首部小说集《黑谷村》。
1932年（昭和七年）	27岁	八月，结识女作家矢田津世子并开始交往。
1931年（昭和六年）	26岁	**重要作品发表：《寄予故乡的赞歌》《风博士》《黑谷村》《竹薮之家》** 一月，于《言叶》第二号发表小说处女作《自枯树酒仓之中》，但《言叶》杂志在刊行第二号后便告休刊。五月，在葛卷义敏等人的努力下，作为《言叶》后继杂志的《青马》重新刊行，坂口于创刊号上发表《寄予故乡的赞歌》，并于隔月刊行的第二号上发表小说《风博士》，深受小说家牧野信一赞赏。七月，发表小说《黑谷村》于《青马》第三号，获小说家岛崎藤村赏识。通过这两部作品，奠定了他在当时日本文坛的地位。十月，发表《竹薮之家》于牧野信一主持的杂志《文科》。

1943年（昭和十八年）	38岁	十二月，出版散文集《日本文化私观》。
1942年（昭和十七年）	37岁	**重要作品发表：《日本文化私观》《真珠》** 二月，母亲过世。三月，发表《日本文化私观》于《现代文学》。六月，发表《真珠》于《文艺》。
1941年（昭和十六年）	36岁	**重要作品发表：《文学的故乡》** 四月，出版收录《紫大纳言》等作品的《炉边夜话集》。八月，发表《文学的故乡》于《现代文学》。
1939年（昭和十四年）	34岁	**重要作品发表：《紫大纳言》** 二月，于《文体》发表小说《紫大纳言》。
1938年（昭和十三年）	33岁	**重要作品发表：《吹雪物语》《闲山》** 七月，出版《吹雪物语》，却被评价为一部失败作品。十二月，于杂志《文体》上发表小说《闲山》。

1948年（昭和二十三年）	43岁	一月起陆续出版《风博士》《风与光与二十岁的我》《不连续杀人事件》等小说集。 **重要作品发表：《我是谁》《盛开的樱花林下》《不连续杀人事件》《玩具箱》**
1947年（昭和二十二年）	42岁	三月，发表《我是谁》于《新生》。四月，结识梶三千代并于九月结婚。六月，发表《盛开的樱花林下》于《肉体》。七月，开始连载《不连续杀人事件》于《日本小说》。发表《玩具箱》于《光》。
1946年（昭和二十一年）	41岁	重要作品发表：《堕落论》《白痴》《无聊的魔鬼》 四月和六月，分别发表《堕落论》《白痴》于《新潮》。十月，发表《无聊的魔鬼》于《太平》。
1945年（昭和二十年）	40岁	三月十日，东京大空袭，住所于连日的空袭中被烧毁。八月六日，广岛原子弹爆炸。九日，长崎原子弹爆炸。八月十五日，日本无条件投降。
1944年（昭和十九年）	39岁	三月，矢田津世子过世。

1952年（昭和二十七年）	47岁	**重要作品发表：《堕落论》《白痴》《无聊的魔鬼》** 四月和六月，分别发表《堕落论》《白痴》于《新潮》。十月，发表《无聊的魔鬼》于《太平》。
1951年（昭和二十六年）	46岁	二月，《安吾巷谈》获得第二回“文艺春秋读者赏”。三月，开始连载《安吾新日本地理》于《文艺春秋》，为了取材开始前往日本各地旅行。因税金迟缴与伊东赛车场事件引起骚动。
1950年（昭和二十五年）	45岁	**重要作品发表：《水鸟亭由来》《明治开化安吾捕物》** 一月，随笔《安吾巷谈》持续一年连载于《文艺春秋》。三月，发表《水鸟亭由来》于《别册文艺春秋》第十五辑。十月，开始连载《明治开化安吾捕物》于《小说新潮》。十二月，出版随笔集《安吾巷谈》。
1949年（昭和二十四年）	44岁	**重要作品发表：《退步主义者》《行云流水》** 二月，《不连续杀人事件》获得第二届『侦探作家俱乐部赏』（即后来的『日本推理作家协会赏』）。同月，因过量使用安眠药导致精神错乱入院，两个月后出院。七月，发表《退步主义者》于《月刊读卖》。九月，发表《行云流水》于《ALL读物》。同月，成为芥川赏评审委员。

参考资料：

坂口安吾电子博物馆：http://www.ango-museum.jp/info/index.html

坂口安吾略年谱，《文艺别册——坂口安吾：风と光と战争と》二〇一三年九月刊。

1955年（昭和三十年）	50岁	**重要作品发表：《青色地毯》** 二月，开始连载《安吾新日本风土记》于《中央公论》。十五日，自取材地高知返回桐生老家，十七日上午七点五十五分，因脑溢血猝死。四月，遗作《青色地毯》发表于《中央公论》。
1953年（昭和二十八年）	48岁	四月左右再度陷入忧郁状态。六月，再度因大量服用安眠药导致精神错乱而遭拘留。八月六日，长男纲男出生。

青色地毯

为了出版《言叶》这本翻译杂志以及《青马》这本同人杂志[①]，于是我们用芥川龙之介的书房充当编辑部。这是因为其中一位同好——葛卷义敏[②]是芥川的外甥，当年他才二十一二岁，已经负责处理芥川的身后事，为他出版全集，关于出版同人杂志这件事，也是靠他暗中打点，负责大部分的工作。那是芥川辞世的三年后。

在我认识的文人当中，芥川家应该是最气派的了，不过还称不上中流。那是一栋小巧别致的日式建筑，没有什么砸了大钱的部分，也没有什么精雕细琢的地方。我只去过二楼的两间房间以及别院的两间书房和两间房间，还有院子，我没去过家人的起居室。虽然那是一栋采光良好的房子，但是不知道为什么，我总觉得很阴森，有股死亡的

---

① 由同好一起出版的杂志。

② 葛卷义敏（1909—1985），作家、文艺评论家。

气息，即使我当时年轻气盛，但一想到那股阴森，也会驻足不前。

我新潟的老家以前是一所和尚学校，有点类似寺庙风格的建筑。再加上位于天然松树林中，随便都能找到两人环抱或是三人环抱的松树，过着与世无争的日子，平常只看得到乌鸦和猫头鹰的巢。曾经有个和尚在阁楼悬梁自尽，后来大家把那里单独隔成一个小房间。阁楼是侍女的房间。小时候，我很怕撞见和尚的幽灵，却还是在梁上走来走去，我完全不觉得那栋房子阴森。

牧野信一在小田原的家中自杀后，我也曾经在那里住了一段时间。那栋房子就在寺庙旁边，进出的时候，前后左右都要经过一片墓园，他上吊的儿童房约莫1.5坪宽，铺着木质地板，采光很差，房间总是很阴暗，不过我从来不觉得那是“死亡之家”。

相较之下，芥川家位于高台，采光良好又别致，没有阁楼、病态、陋巷等，没有会跟“死亡之家”画上等号的条件，对我来说，却是一栋阴森至极的房子。我最痛恨的就是葛卷在二楼生活起居的房间，四坪大小的房间里，铺着青色地毯，一想到那个地毯阴森的颜色，我就忍不住想要掉头离开。如果我没记错，这地毯是出版芥川全集初版的时候，制作封面时剩下来的青布，铺满整间房间后，成了肮脏的青色。真是阴森的地毯。别这样嘛。当时我总是不断痛骂那条地毯，可是葛卷少年——其实，我觉得他像个贵族少年——每到这时候他总是突然露出老人般的窃笑，随便敷衍我两句。他肯定很喜欢这条地毯。他应该觉得这条地毯与芥川生前完全无关。

葛卷曾说，这房间的某个书柜底下埋着瓦斯管，舅舅（芥川）曾企图含着那条瓦斯自杀，差点死去，不知道为什么，我对于死去的主人怀着相当大的敌意，我根本不想了解自杀者的心声。此外，我曾在这间房间里阅读芥川的遗稿。几年后，当我重新阅读这份遗稿时，这份未完成的小品让我惊叹不已，关于这部作品，我已经两度发表感想，但是当时的我完全看不懂。不对，因为那股旺盛的敌意，我还记得自己没看几眼就放回去，一口咬定内容无聊。

我经常在这间房间里熬夜。为了无趣的原因熬夜。

葛卷曾说不想把这些无聊的原稿登在杂志上，我回答，没什么不好啊，就算他们的原稿很烂，只要我们好好做事就行了，反正同人杂志就是这么一回事，我们从年头吵到年尾，葛卷出身于文学名门，却不能自豪地说自己是绝对不登烂稿子的编辑。即使原稿已经送到印刷厂，校对工作进行到一半，他也会闹起脾气——你在明天之前写点什么吧，或是，你翻译这篇文章吧，或是，那你自己写嘛，嗯，我也会写哦。因为他露出软弱的微笑，所以我们两人只好熬夜写稿。在这种时候，葛卷一天晚上就能写一百多张稿纸的小说，写完再撕掉，结果连一篇都没发表过。其实他一晚真的能写一两百张，简直是令人不敢置信的写法。跟每天细心写短篇的舅舅完全不一样。我不得不陪他翻译，一晚能翻完一本厚厚的原文书。像是安德烈·纪德[①]的《关于王尔德的回忆》，我才花三天就翻完了，玛莉亚·显克微支这位有闲贵妇的《普鲁斯特回忆录》也是一晚就翻完了。虽然这是一本有闲贵妇的精装书，不过我

① André Gide（1869—1951），法国作家。代表作《人间食粮》。

只用三十张稿纸就翻完了。因为我的法语不够灵光，而且只有一个晚上，所以我完全没查字典，遇到不懂的词，我嫌麻烦就直接跳过，中间经常一下子跳过五行，在《普鲁斯特回忆录》中写到一些普鲁斯特喜欢的菜，大半的料理和原料都是我不认识的词，我怕麻烦就直接省略了。我这么不负责任，读过我译本的人，也许会猜想普鲁斯特这个人是怎么回事，办晚宴的菜色居然少得可怜。保尔·瓦雷里[①]的《杂集》（variete）等作品也是用这种方式翻译的，遇到不懂的就跳过去，结果晦涩的原文在我的手中变得极为明快，不懂原文的人还大为赞叹，因为我删掉了不懂的地方，所以才会这么清楚、流畅，当时真的很乱来。每次有人夸我翻译得很好，我总是不知所措。

熬夜这回事，在壮年体健的时候，特别容易疲劳。最近即使熬夜也不觉得累了，熬夜似乎已经成为我生活中的一部分，当时真的很累。也许是因为翻完一本书要耗去全部的精神，加上紧张的关系，我一脸憔悴，黑眼圈加上满

① Paul Valéry（1871—1945），法国作家、诗人。

脸油光，整张脸又皱又黄。吃着兔屋的最中[①]配浓咖啡。我绝对忘不了熬夜后的早晨，我们通常都会吃咖喱饭。我只记得我几乎没有食欲。

我憎恨熬夜赶稿。一旦葛卷开始闹脾气，我就会满腔怒火，用顶撞的口气跟他吵架，尽管葛卷跟女性一样温柔、病弱，却是一个非常执着己见的人，他的口气温和，笑容软弱，讲话不会带刺，却会坚持到底，不肯善罢甘休。最后都是我认输。再怎么说，葛卷的意见通常比较有道理。因为他说我们的原稿太烂，他说得没错，而且在他的野心之中，贪念也比较少。这是因为他从来不想成为有名的文人，只是专心致志地想要出版好杂志。他热爱某位千金小姐，这件事占去他大部分的生活，除此之外，如果还有其他的愿望，大概是想要获得三四位名媛贵妇的宠爱，的确是名门少年该有的愿望。一本好杂志等同他的仪表，所以非得要是好杂志才行。烂原稿令人伤脑筋。他的心思传统，我则是粗枝大叶，像个到处掠夺的野武士。一

① 一种日式甜点。

心只想着扬名立万，根本没想到自己才疏学浅。明明对在这个房子自杀的屋主感到敌意，却接受把屋主的书房当成据点比较容易赢得世人的好评的提议，只想踩着别人往上爬，充满轻率的干劲。

对于爱情，葛卷也非常直率，虽然他的爱情只是一厢情愿的单相思，对于朋友，葛卷则从不欺瞒。不过他有点可怜，怎么也不敢对那位千金小姐坦白。因此，他想要一本好杂志来充实自己，顺利的话，也许能帮他追到千金小姐，由于他纯洁无瑕的心愿，他对于原稿的优劣也没有邪念。不过其他人全都是野武士，只想要捡个现成的首级出人头地，即使是过不了评论家那关的不良品，只要作品可以当成商品获利，我就觉得可以登上杂志，心思不够纯正。不过我总不能大肆宣扬这件事，所以会找很多借口，老实说，我认为作家的本性下流，就算找了那么多借口，作家本人也觉得这样的作品不会红吧。

当时的编辑有葛卷、我，偶尔还有诗人本多信，大致上，所有的同志都抱着野武士的心态。虽然我在各方面的条件都比较有利，倒也不是如此，毕竟葛卷的立场比较纯粹，他讲话比较有分量。我这个少年野武士，正值多愁善感的年纪，纯真的心灵还没被黑暗吞噬。从来都辩不过葛卷的道理，我经常为此感到遗憾难平。

我突然想起一件事。二十岁、二十五岁、三十岁的时候，我住在京都伏见的外送便当店二楼，那是我最惬意的时光，待在利根川河岸的取手市时，有时候日子苦到只能喝水度日，不过那时的回忆很快乐。我面临一个严肃的难题。身上只剩八钱，这个星期不会再有收入，这时，该用八钱吃荞麦面呢？还是该拿去买烟？虽然遇过好几次难关，不过我每次都拿去买烟，从来不曾拿仅剩的钱去吃乌冬面。后来我问过同好，结果发现大家都一样，所有人都拿仅有的钱去买烟。

不过，在伏见的时候，我生了一场重病。时至今日，我都还记得当时是葛卷救了我，那是我搬到外送便当店二楼之前的事，我当时住在一个会计师家的二楼，他家对面就是一个军火库。我之所以住在京都，就是想要离开所有的朋友，让自己处于真正孤独的状态，因此，一时兴起就搬过去了，不过我在会计师家的二楼生了一场病。我的背上长了一个脓包，长在手勉强可以碰到，但是绝对看不到的地方。我没理会它，过了一个月左右，我突然发起高烧，两眼昏花，严重耳鸣，难受到我必须蜷着身子，但冷汗还是冒个不停，我只好到处打滚，无意识地发出呻吟。

当时正好是月底，我身无分文，会计师房东每到月底就会下落不明。他早就习惯在月底躲起来，于是我不得不应付那些上门讨债的人。与其说是债主，其实都是一些房东、蔬菜店老板和收水电费的人。会计师已经年近五十岁，想法却跟少年诗人一样天真，遇上好天气就不想工作，所以天气好的日子多半外出不在，虽然不喝酒也不玩女人，但他无法如期完成工作，所以顾客跑光了，好像很穷的样子。他跟老婆分居，独自住在事务所楼下（我住楼上），虽然他说一个人比较清净，不过老师（指我）您别客气。他是好人，不管别人说什么，他还是不会失去雅量，是个通晓人情世故的人。因此，他每到月底就不见人影。躲上一个星期，我也拿他没办法，反正帮别人欠的债找借口，是一件轻松愉快的事，所以我从来没怪过他躲起来的事。此外，这男人已经五十岁上下，鼻子底下也长了不少胡子，只要一点小事就脸红，是个奇妙的好好先生。

然而，在我病到动弹不得的时候下落不明，真是把我害惨了。不过，对我来说，打发那些债主并不是一件苦差事。毕竟病痛难耐的时候，再也没有比孤独更可恨的事物了。就连路过的行人的脚步声，都让我觉得安心。最难熬的就是夜里，我要面对黑暗与寂静。夜里的电灯就是我的生命，如果光线消失，我的生命也会跟着消逝。我的窗户正对着军火库，可以看到佩枪的巡守兵在悬崖上来回走动。病中的我，幻想自己潜进军火库，立刻被人持枪追赶，军火库突然爆发，爆炸让我醒来，全身疼痛不堪，在地上到处打滚，把身体蜷得跟虾子一样，连喘气都会痛苦呻吟。天啊，快亮吧。窗外来个人吧。谁都没关系，快来人啊。这是我唯一的愿望。来讨债也没关系。门打开了。我听见债主的声音。啊啊，得救了，我没说谎，我抱着要去见意中人的心情急忙下楼，不过连走下一层楼梯都像攀爬阿尔卑斯山一样费力，我咬紧牙根，趴在地上，每次只能移动一只脚，慢慢往下爬。我只感到怀念，面对债主生气的脸，我也能自然浮现亲密的微笑，用宛如歌唱的口气陈述欠钱的借口。这是我生病时唯一的慰藉。尽管如此，收电费的人仍大发雷霆，扬言要断电，把我吓了一大跳。夜里的灯火是我的性命。如果连灯都熄了，我该怎么活下去呢？我拼了命。我来付。不管要卖掉多少东西，我一定会付钱。请你等我一个星期，不过我一点也不恨那些债主，他们全是让我安心的访客，我拼命的叫声，听起来依旧宛如歌声。债主走了，门关上了，脚步声走远了。我的力气用尽，瘫软在地板上，暂时失去意识。收电费的人总算是同意了，他离开之后，我倒在地板上，昏了过去，自然而然地哭了起来。等我醒过来，地板上还留着一摊眼泪，以前有个爱画画的小和尚，用眼泪画了老鼠，而我连写一笔的力气都没了。

总之，我决定去看医生，这时，我给葛卷发了电报。我是怎么筹到钱，又是怎么走出门发电报的，这些重要的过程我全都忘光了。然而，他回电报的速度非常快。虽然等待很难熬，不过我比预期更快地收到电报寄来的钱，我永远忘不了当时的喜悦。刚开始，我非常不安，担心自己能不能走到邮局收葛卷寄来的钱。不过钱已经寄来了。因为这份喜悦，我突然勇气百倍，起死回生，不仅能走到邮局，还能小跑。

此外，蠢事不只这一桩，还有更蠢的事。我握着收到的钱走出门，才走不到二十米，坂口先生，我就被一个男人叫住。是三宅勇藏。今年春天刚从大学毕业，在京都JO摄影棚当剧本员工，他过来拜访我。当时，连窗外的脚步声都让我安心。朋友来访。有朋自远方来。宛如梦一场。我们去喝酒吧。今朝有酒今朝醉。我喝了酒。我醉到不省人事。我觉得自己好像成了一尊泥巴塑成的人偶，全身都觉得非常奇怪。我酩酊大醉，才一个晚上就把医药费全数喝光，兴奋地回家，再也不怕那股恐惧，倒头就睡，管它电灯还是什么，全都关掉。好好睡了一觉，醒来之后，真是不可思议，我竟然一夜退烧，病突然好了。我说得一点也不假。也就是说，那天晚上，脓包破了，脓流了出来。后来，大概连续冒了五个月的脓，不过自从那天之后，我再也不痛了。

万事都靠运气，不过，我却是用极为理想的方式，把病治好了。因为我后来在三好达治背上看到一个拳头大小的伤疤，他也长了一样的脓包，动了手术。听说他还在手术过程中昏倒，手术后痛了半年之久。他的伤疤不像是脓包的痕迹，比较像是被大炮的碎片打到，挖出来之后留下的痕迹，非常惨烈。我的处置方式反而平安无事。

然而，如今回想起来，这些全都成了值得怀念的往事。贫穷的苦，恋爱的苦，过去种种，如今宛如一首远古的和歌。

然而，其中唯有一段没有光明，也不曾怀念的日子，那就是我在芥川书房度过的那段青春、那段多愁善感的日子。当时的我并不贫穷。也不曾为情消瘦。充满希望与青春活力，也没什么恐惧与必须妥协之事，可以昂首阔步。不过我就是拿葛卷的大道理没辙。虽然我表面上从不示弱，不过内心总是被他折服，我只是被他的道理折服，并不是为了葛卷的艺术折服，我并未对艺术失去信心，也不曾绝望。这个时期正是我年轻的时期，充满希望的时期，亟欲发展的时期。

现在回想起来，那个时期的我、那间房间、那条路和那些话，全都有一道摆脱不了的莫名阴影。宛如青春本来就是晦暗的。也许青春本来就很晦暗。连病态的青春都很健康，即使晦暗依然健全。然而，在那段充满希望的时期，每当我仰头眺望阳光下的蓝天，总觉得缺了点什么。我总是走在阴暗的路上。那是通往芥川书房的路。我在昏暗的房间里，与葛卷面对面坐着动笔翻译。那个房间的采光很好。可以看见澄澈的蓝天，冬阳轻轻洒落在地毯上，即使是熬夜的早晨，天空依然澄净。

那栋房子已经死透了，我对芥川家深恶痛绝。真拿你没办法，长岛萃回答。他冷冰冰地挖苦我，之后就不说话了，这家伙在想什么呢？杂志的同好经常来芥川家，不过这家伙很少出现，不久，他死得比芥川更轰轰烈烈。

也许你不知道，那间房子啊，如果你走到楼下的客房，就有一个没有脚步声的老婆婆站在那里，或是走来走去哦。老婆婆长得很高，肩膀又宽，长得像瘦瘦的相扑力士。本来以为只有一个老婆婆，我记得有两个呢。我没骗你，真的有两个。我从来没听过脚步声。我跟长岛说了这样的话。哇哈哈。他无声地笑了。我从厕所出来后，有一个没有脚步声的老婆婆走进门了哦，葛卷也笑了，没说话。干脆放一把火，把地毯烧掉吧？你不是很讨厌这条地毯吗？

葛卷罹患严重的结核性脊椎炎，当我躺在地上看X光片的时候，他一手拄着下巴，笑嘻嘻地说，你觉得怎样？有点恶心对吧？每天都服用接近致死剂量的镇静剂，年轻贵族的脸色蜡黄，充满皱纹。别吃镇静剂了。可是我睡不着啊。睡得着的人好幸福。少说傻话了。你舅舅只是亡灵罢了。快跟你舅舅断干净吧。这样的话，请你帮我入睡吧。年轻贵族露出爽朗的微笑。

虽然芥川自杀，但是自杀并不是这个家的错。只是有人在这个房子里死去。有人把短刀或手枪丢在家里，所以我说啊，根本不需要犯人哦。这房子就是这样。无论何时都躲在青空里。我也对长岛说了同样的话。他也捧腹大笑。

总之，对于我这么粗心的男人，长岛也拿我没辙，我利用这死亡之家的阴影，捏造出奇怪的故事，并且乐此不疲，这就是我的态度。用弗洛伊德来分析的话，也许保持距离的人才握有解开谜底的钥匙，不过也许他认为态度更重要。

我的态度确实会造成别人的困扰，不过我一直抱着虔敬的心，我可以断定那是一栋黑暗的房子。不要笑我。至今，我的心里仍然还有宛如少女祈祷般童稚的部分，我的心里有个声音告诉我，那栋房子是阴森的房子。葛卷并不阴森。芥川家也不阴森。住在那里的人们也不阴森。编造出没有脚步声的老婆婆的故事是很失礼的表现，全是出于我无礼的态度。总之，那段时间我过得很阴森。

充满希望的少年哪里懂得什么是阴森呢？没经历过贫穷的苦、失恋的苦以及种种污秽的事物，只知道探索人生的重量。燃烧希望，憧憬虚名，追求成功，唯有青春岁月，才知道死亡真正的意义。我认为这也能说是一段毫无希望的时期。

处于这样的时期，有天傍晚，我独自走在骏河台下的路上，被一名穿着雨衣的青年叫住。他问我是否认识他，我回答不认识，于是他说这样啊，你怎么可能会记得像我这么平凡的男人。我对自己的人生早已了如指掌。我只会当个领低薪的上班族，肯定没错的。没丢掉工作，这件事就已经够神奇了。那个时候，大约有半数青年没有工作。

他说可以耽误您十到十五分钟，陪我喝杯茶吗？于是我们到附近的餐厅小坐片刻，他突然说您认识的美丽千金小姐一定多到数不清吧？我知道那些千金小姐都很喜欢您，他讲了一些很离谱的话。这个男人似乎对此深信不疑，我根本无力反驳。像您这么聪明、豁达，具有王者风范的青年绅士，肯定结识许多美好的朋友，我只不过是Athénée Français法语学校的最后一名，所以我把您当成我的目标。正巧看到您独自一人，才会忍不住把您叫住，能跟您喝杯茶，一起聊个十到十五分钟，是我莫大的荣幸，我从来不敢妄想请您介绍一位千金小姐给我认识。那些姑娘对我根本不屑一顾……他一个人说个不停，然后匆匆忙忙地离开了。这个男人傲慢地躺在椅子上，双手放在胸前交握，瞪着天花板，傲慢地抽烟，同时自卑地讲个不停。

真是不可思议。我根本不认识什么美丽的千金小姐。竟然有人认为我是这样的人，光想到这件事都觉得不可思议，我想世界上真有这种事吧？没有人过着如愿以偿的顺遂人生，所以大家都觉得别人比自己幸福。

一定有很多人觉得葛卷是个幸福的人。不过葛卷并不幸福，他为情消瘦，暗恋一位千金小姐，必须服用接近致死剂量的镇静剂才能入睡。世事无法尽如人意。前几年，葛卷结婚的时候，我曾经给他写了一封信，信中写着“为了纪念你结婚，把那条地毯烧了吧”，但是我终究没寄出这封信。

水乌亭

一条沙丁鱼

每逢星期天夜晚，梅村亮作的老婆信子都会迅速钻进被窝，进入梦乡。女儿克子也跟着有样学样，盖上棉被，呼呼大睡。

到了九点半、十时许。

“梅村先生。您还醒着吗？”

后门传来声响。

亮作窝在已经没有火的火盆边，找出香烟残屑，塞进烟斗中抽着，听到这个声音，他立刻精神抖擞地起身。

他急忙打开后门。

“您回来啦？来，请进。”

他的声音高了几度，还微微颤抖。

看到亮作高兴的模样，野口觉得十分满足，在他恭敬的态度里，仍然带着社长的大将之风。他拿出包裹：

“这给您。里面是鸡蛋，还有今天早上的沙丁鱼又是大丰收了。”

他拿出装着三颗鸡蛋和不到十条沙丁鱼的纸袋，交给亮作。

“这是我们自己种的白萝卜跟红萝卜。”

在亮作眼里，这些食物宛如闪闪发亮的宝石。他茫然地收下。眼泪几乎快要掉下来。

“府上都歇息了吧？”

“没关系。请进。”

“现在正在回伊东的路上。还没回家露脸呢。晚安。”

野口露出微笑，安静地离去。

每到星期天夜里，就要上演一次同样的戏码。信子跟克子不想看到这一幕，总是早早上床睡觉。

尽管如此，信子与克子都毫不客气地享用野口送来的食物。吃的时候还要大肆批评送来的人跟收下的人。

“既然你们这么讨厌他，那就别吃他送的东西。”

亮作气得直发抖，不过两个女人根本充耳不闻。还越骂越难听。

“那个男人是什么意思？这孩子刚出生的时候，他还是你的同事呢。有一阵子穷困潦倒，好像还干过乞丐，来跟我们借钱呢。现在是怎样？以为自己发达啦？只不过是发了笔战争财，就那么不可一世啊？”

“他才没有不可一世。”

“就是有。以前讲话明明就你啊我的，一点也不客气，现在以为自己发达了，就讲您啊、在下。真讨厌。以前才不会讲现在正在回伊东的路上，而是说现在正要回伊东的别墅呢。真是有够讨厌的。”

“笨蛋。人家是谦虚。”

“你别乱讲。他只是假装谦虚，实际上可瞧不起你了呢。真是讨人厌的暴发户。克子，你说对不对？”

“对啊。没有学识的文盲才会这么讨人厌。穷人硬是爱装阔。”

“笨蛋。因为你们心地不好，只会用这种差劲的眼光看待别人，再说野口根本没提到伊东的别墅。他每次都只说伊东。你们还不懂吗？他很努力，不想当个没品的暴发户啊。”

"无聊。明明只是穷人装贵族罢了。"

女大学生克子丢出这句话。

"他明明想说伊东的别墅，刻意只讲伊东，就是这样才惹人厌啊。这些东西，明明只要派下人送来就好，还说什么现在在回去的路上，好让你感激，心里明明想说伊东的别墅。他是故意的，根本不是什么谦虚。再说每一次都送三颗鸡蛋，未免也太不自然了吧？我看他是勉强凑数。不过是打肿脸充胖子罢了。"

"这样讲太不厚道了吧？看看这堆沙丁鱼。不是七条嘛。他哪有在凑数。全是你们下贱的臆测，真是太下流了。"

克子不以为然地看着盘子里的煎沙丁鱼。

"七条啊，真奇怪。"

她露出一抹微笑。把沙丁鱼捣烂，慢慢品尝，

"怎么不送九条呢？到底是六条加一条呢？还是九条减两条呢？"

亮作怒火攻心，差点掴住她。

"先回答我的问题。这哪里是在凑数？"

“大概是吧。”

克子的脸色刷白，露出苍白的微笑。

“这是颁给忠诚跟顺从的特别奖赏啊。天底下竟然有人为了一条沙丁鱼老泪纵横呢。以前的同事开了家小工厂，发了一笔小财，所以你也跟着鸡犬升天。他只是看上你那死忠、没用的个性，才把掌管会计的重要工作交给你。不过啊，你只是个薪水少得可怜的小职员。所以社长讲话客客气气的，称呼您啊什么的，对你可好了。除了六条沙丁鱼之外，额外再多赏一条。没想到小职员马上泪眼盈眶，在星期天的夜里等待社长回别墅呢。”

女大学生合情合理的挖苦，对象从社长转到自己身上，亮作失去抵抗的力气。他气到简直无法喘气。怒发冲冠，紧闭双唇，垂头丧气。

亮作跟野口以前曾经在东京近郊的农村当小学老师。野口不想一辈子当老师，自行创业失败，结果当过沿路吹唢呐的卖面小贩，赚了一些钱之后，又去丧仪社当掌柜，也当过运输商，专门买便宜的病马，结果马半路就死了。明明知道马随时都有可能死亡，还是赌上自己的运气，虽然他早就有心理准备，没想到这匹马临死之前发狂了，泛红的双眼瞪得老大，从稻草床上拖着将死之躯，一直往天上跳。也就是靠后脚站立，前脚像人的幽灵似的弯在胸前，脖子伸得长长的，朝上扭动。然后，它扯断缰绳，冲出马厩。在马路上直线冲过五六百米，突然倒下来，没气了。野口没请兽医来看过，只是对外宣称马得了脑膜炎。

后来，他开了一家小工厂，就在快走上穷途末路的时候，战争爆发了。他很快就顺利地发了一笔战争财。

野口找来一直不得志的亮作，请他负责会计工作。虽然亮作的能力很差，不过他看准亮作没有干坏事的能耐。薪水比照当时的公定价格，只比老师好一点。

尽管野口很亲切，不过他是个从不乱花钱的男人。大家都说他是为了弥补自己的小气，对员工说话才会这么毕恭毕敬，他就是这么小气的人。虽然他会把产报[①]配给的啤酒票和餐票送给亮作，但是基本上亮作的饮食还是要自己花钱。人们（亮作也是）总说这是野口小气的缘故，如

① 大日本产业报国会，战时日本官办的工会组织。

果他不小气的话，肯定是个亲切的人。

亮作明白克子说得很有道理。每个星期天，野口都会送来蔬菜和沙丁鱼，虽然若无其事地交给他，但在公司午休的时候，他曾经轻描淡写地说，现在就连伊东都很难买到沙丁鱼了。

如果只有一两次，亮作倒还能忍耐。如果亮作一直没回应，他大概每天都要说一遍吧。

“听说有引擎的船啊，叫作烧球式引擎那种。全都被征召去当运输船了。年轻的渔夫被送去战场，老的则跟渔船一起征收。竟然还能捕到可供一千人食用的沙丁鱼，真是太神奇了。”

亮作终于露出沉思般的神情，抬头说：

“前几天，我听那边来的人说了，听说他们是靠撒网捕的。我记得好像叫作大谋网[①]吧。”

野口深知这是亮作的挑战，微笑却没有从他的脸上消失。

---

① 一种定置渔网。

“您说的那边，是哪边呢？”

“咦？我是说沼津[①]。我有个远亲在那边的工厂上班，偶尔会来东京的总公司，每次都会顺便来我家。”

亮作忐忑不安。他的表情跟小乌龟一样怯懦。像是随时都要把头缩回龟壳里，不过他还是坚强地说下去。

“听说顺利的时候，大谋网一次可以捕到四五万尾青花鱼呢。海底的鱼永远也捕不完呢。”

“沼津的大谋网，在下还是第一次听说呢。不过沼津没有渔场哦。”

“对，不在沼津。听说是附近的渔场。”

亮作泫然欲泣，露出垂死挣扎的表情，拼命开口说话。看起来可怜、顽固又可恨。

野口神色一变，呼吸也跟着急促起来。

“那是在下亲眼看到的。您想用听来的故事，否定在下亲眼所见的事实吗？”

亮作沉默不语。

---

① 位于静冈县。

“太平洋沿岸已经被敌军潜艇包围了。敌军潜艇曾经在真鹤[1]撞上大谋网呢。也许有点夸张，听说潜艇勾着渔网逃走了。所以不管是哪里的大谋网，全都放着不收，很危险，没有船敢出海呢。”

亮作一副泫然欲泣的脸，仿佛在说只要能让野口神色改变，呼吸急促，他就满足了。不过亮作默不作声，野口也觉得很满意。没多久，他又恢复社长该有的沉着稳重。

野口为亮作倒茶，说：“您想不想去伊东玩呢？这个星期天陪我一起去吧。那里可是个完全不同的世界哦。在下家里的田差不多二町步[2]。一个星期份的鸡蛋正在那里等着我们。”

“好的。请务必让我同行。”

亮作重新变回忠心的职员，微微一笑。社长善意的关怀，让他感到亲切与温暖。

即便从星期一起的六天，野口的小气让亮作觉得烦

---

① 位于神奈川县。

② 计算田地面积的单位，一町步约为0.99公顷。

躁、不愉快，星期天当晚，他还是喜滋滋地等候社长亲切的造访。到了晚上十点，听到安静的后门传来脚步声，也让他的喜悦直达高峰。

听到后门传来脚步声时，对于社长的小气，用恭敬的语气弥补低廉的月薪，亮作的心底也许还有那么一点生气。然而，当他确定来访者的声音后，这些事全都被他抛到脑后。亮作的心里只剩下感激。他的胸口小鹿乱撞，他跑向后门，老泪纵横。

亮作从不觉得自己可悲。他相信别人的善意。在信子和克子面前，他总是这么想，然而，一星期中的六天，当他本人面对社长的时候，都瞧不起对方的小气和恭敬的语气。也许亮作比任何人都激动，竟然有男人为了一条沙丁鱼掉泪，实在很可悲。

当老婆和女儿满怀恶意地指控自己为了一条沙丁鱼掉泪时，亮作觉得自己完蛋了。他怒火攻心，紧闭着双唇，羞愧地低头不语。

不久，他再次抬头挺胸。

跟上次开口兜圈子挖苦社长的时候一样，亮作怯懦不已，却又紧咬着不放。

“你不配吃那条沙丁鱼。”

他口气平静地说。不过，他无法克制自己的兴奋，讲得唾沫横飞。

“那么瞧不起人家、怨恨人家的话，为什么还要吃？那是你瞧不起的人送的，不是应该更瞧不起那条鱼吗？”

听了他的话，克子先是回答：

“别把口水喷到食物上。”

然后，她慢慢起身，像是要丢掉脏东西似的，打算把沙丁鱼扔进没有火的火盆里。

“住手！”

父亲抓住女儿的手。应该说是快抓住的时候，对她大吼。

“即使你现在才用觉得沙丁鱼比垃圾还肮脏的手势把鱼丢掉，也不能否认你过去因为嘴馋吃掉沙丁鱼的事实。你这么做，只不过是瞧不起你自己的坏心眼罢了。”

克子的脸上完全失去了血色，起身拿出便当。她等一下要去征召的地方工作。

克子把便当放在膝上打开，拎起里面的配菜——一条沙丁鱼，扔进水槽里。她流下一丝泪水，随后轻轻啜泣，咬着唇，重新整理仪容就出门了。

“欺负克子很好玩吗？”

信子高声对他大叫。

他沉默无言。

“竟然把克子惹哭了，真是不吉利。她正要去征召的地方上班呢。女人的征召等于男人上沙场！只不过是吃了一条沙丁鱼，为什么要被你瞧不起！比起沙丁鱼，我更瞧不起卖棺材的人。只不过是吃一条沙丁鱼，还需要什么高尚的大道理吗？我毫无理由地瞧不起卖棺材的人哦。只不过是吃一条鱼，就要被说坏心眼，你真的很讨厌。坏心眼的人是你。连一条沙丁鱼都舍不得让女儿吃。这顿饭的米，可是乡下的姨婆特地寄给克子的。你不也吃了吗？”

亮作无言以对。虽然克子可以为了耀武扬威而哭泣，他却不能哭。

他也站起来，准备出门上班。他没办法学克子像丢掉沙丁鱼那样丢掉便当里的白米饭。

比起战争的胜败，对他来说，如何逃离这样的痛苦，才是最重要的问题。

书与鸡舍

亮作坚信皇军会获胜，不过信子与克子却相信日本即将战败。

当塞班岛传来战况不利的消息时，她们母女俩立刻动手整理逃难用的行李。

看到信子努力打包那些旧衣服，克子说："你带那种东西干什么？"

"这些衣服还能穿啊。这是为你留的。总有一天会派上用场。"

"我才不要穿那种衣服呢。"

女儿翻起白眼，咂了咂嘴。

"姨婆最喜欢漂亮的衣服了，她把那些她花了一辈子收集来的，简直可以称为艺术品的衣服全都送给我了。这种衣服，连女佣都不想穿吧。”

“别说那种奢侈的话了。这些都是我出嫁的时候带过来的衣服哦。只要稍微修改一下，就能穿一辈子了，好怀念哦。你爸爸从来都没给我买过一件和服。”

女儿完全不顾母亲的伤感。不过她又添了几分对父亲的轻蔑。

“真的吗？从嫁过来到现在？”

“真的啊。”

“真的吗？从嫁过来到现在的话，这些衣服都比我老了。”

“当然啊。”

“真是不中用。”

母亲用沉默代替赞同。

战争时期的夜晚特别安静。两人的对话传进那个不中用的人的耳里。

亮作想参加教师资格检定考试，当个中学老师。考取小学老师后，他立刻着手准备考试。他把微薄的薪水全都花在考试上。本来以历史和地理为目标，后来也考了国文，却连一次也不曾考取。

信子相信亮作不会只是一个小学老师，才肯跟他结婚。别说是中学老师了，说不定还能考取其他资格，成为教授或学者。媒人也是这么说的，看到他在书房里埋首书堆的模样，她信以为真。

三十岁左右，亮作的风评还不错。大家都夸他学识渊博，不是个终身只当小学老师的平庸之辈。当时，人们都很尊敬他。

四十岁左右，他的风评有了一百八十度的转变。明明是同一个人，在同一片土地，过着完全一样、不起眼的生活，没想到世人的风评居然完全相反，简直令人无法置信。世人先是对他过度亲切，然后待他冷若冰霜。

没有任何人同情他。他只得到轻蔑与辱骂。

学务委员表示家长反映亮作为了那个根本考不上的资格考试，怠慢了目前的教学工作，家长还向校长群起施压。

校长并未替他辩驳。

“真是个麻烦人物。就算想把他调到其他学校，也找不到肯收他的校长。人家还说找代课老师都比他好。”

“您怎么说这种话，竟然把我们的宝贝儿子交给这种人，您要我们怎么办呢？”

“我会想办法，我也会告诉他，请大家再忍耐一阵子。”

每次家长抱怨，亮作就会被叫到校长室，向学务委员和家长们赔罪。

于是，不管教了多久，他的月薪还是跟起薪差不多。他被十几岁的人赶过，每到新学期，接手他班级的年轻老师都要把他痛骂一顿，骂他整年几乎都没在教学生。

信子总是跟克子说，要是没有姨婆的援助，我早就带着你一起自杀了。

信子母亲的姐姐，也就是克子的姨婆，跟有钱人结婚，过着不愁吃穿的日子，不过她的另一半已经过世，也没有继承人。于是，任性的老太太立刻相中克子当她的养女。

信子根本找不到任何理由来反对独生女当人家的养女。梅村亮作这家的姓氏，要是后继无人，对世人也算是功德一件。这个姓名有的只是耻辱、贫穷、悲惨和叹息罢了。她对这个姓氏只有满满的诅咒。梅村亮作充满屈辱的一生，在他这一代画下句点，也是应该的。

姨婆给克子寄了教育费，让克子去读女子大学。和姨婆对亮作的态度比起来，世人的冷言冷语简直是小巫见大巫。姨婆非常痛恨亮作。完全忽视、否定与扼杀他的人格。

每回放假，克子都会跟母亲一起住进姨婆家，不过她们完全不允许亮作出现。于是，克子放假的时候，他必须自己煮三餐，虽然独居生活不太方便，但只要没有屈辱的痛苦，他就一点也不觉得苦。

姨婆禁止他们拿克子的教育费来支付包含亮作在内的生活费，信子也严格遵守禁令，直到战局激烈，姨婆才寄粮食来给克子，虽然亮作很少直接从中获得好处，但他因此可以吃掉母女不吃的配给粮食，也算是间接受惠。

每天晚上母女俩都在打包逃难用的行李。行李当然是寄到姨婆家，打包的时候，她们完全没收拾亮作的物品，这自然是不在话下。

因为锅碗瓢盆和饭桌本来就是亮作的东西，即使她们俩把自己的行李寄出去了，对三个人的生活也不会造成什么影响。

她们两人从没劝过亮作整理逃难用的行李。虽然有一部分出于她们不希望日常生活受到影响，另一部分则是即使亮作的东西化为灰烬，对她们来说也不痛不痒。

两人把行李全部寄出去之后，家里显得越来越空旷。看久了，亮作也开始考虑起逃难的事。他心想，至少要把书保住。这些书是他留在世上的足迹。万一书烧光了，他觉得一定比自己被烧死还痛苦。

他每个月攒下微薄的薪水买书，二十几年来，藏书也累积到两千多册了。

“我说信子啊，能不能把这些书寄放在姨婆那里？”

听了他的话，信子都傻了，叹了一口气。

“瞧你说的这叫什么话？你竟然敢说这种话，还要不要脸啊？我巴不得叫B-29[①]来把这些书烧掉呢。你想想，就是这些书，害我一辈子全都化为乌有。为此我不晓得掉过多少眼泪。而你竟然，唉，不想把这些没有用的书烧了。这些书害我流了好多眼泪，一点用处都没有，只不过是个笑柄罢了。这些书啊，每一本上面都刻着你很低能。

---

① 美国在第二次世界大战中使用的主力轰炸机。

你居然还能每天心平气和地看着那些低能的证据。真不晓得你到底多低能。我跟克子能够活下来，全都要感谢姨婆。如果没有姨婆相助，我们母女俩早就被那些书逼死了。”

这是信子的真心话。这些埋怨，克子早就听得耳朵都长茧了。她也觉得很烦，自己仿佛是为了听这些埋怨才出生的。虽然信子语气激动，不过克子只觉得这是老调重弹，完全提不起兴致。

克子问：“爸爸，你要去哪里逃难？”

她的话里完全不带讽刺。她认为父亲跟自己应该不会去同一个地方逃难，也认为这件事情理所当然。她只是对父亲逃难的地方有一点感兴趣罢了。

“他找得到地方逃难吗？”

信子继续攻击。

亮作稍微歪着头，露出困惑的浅笑。

“我没打算离开啊。皇军即将进行全面反击。说不定现在已经开始了。先等敌军投注物资，建立半永久的机场之后，再把它抢过来。这么做比较麻烦，不过也是一个节省物资的好方法。作战一切按照计划进行。”

日本的反击就是亮作的反击。他露出有点得意的神色。

这是他唯一的顽强反抗，也是他报一箭之仇的机会。

克子对他孩子气的复仇一点也不感兴趣。

“所以你不逃难吗？”

她只想满足自己的好奇心。

“他才没地方可去呢。他不懂得什么是认输。”

“有什么关系。我想问啊。”

“你这问题也太不知趣了吧。”

“我就是想问啊。”

“问了又能怎样呢？”

“万一这些书能找到人保管啊，那个人应该不知道这些都是没用的垃圾吧。这不是挺有趣的嘛。”

亮作把头从龟壳中伸出来。

“人都需要梦想。没有梦想就活不下去。明知道不值钱，还是能寄托于梦想，活在这个世界上。你们是不会懂的。战争结束之后，我又能跟这些书一起生活。说不定时代会改变，像我这样的老书生也能考上教师资格，找回过去的光荣呢。虽然傻气，但是人活着还是要有梦想。”

“有够无聊。”

克子当场否定他的想法。

“即使战争结束了，考取资格了，你也差不多该退休了。哪还有什么梦想可言。”

“克子没有梦想吧。”

虽然亮作说得正经，但是那股软弱、苦苦纠缠的抵抗，又浮现怯懦的微弱征兆。

克子轻轻咂了咂嘴，拍掉他的微弱抵抗。

“被人瞧不起也很正常吧。你说我们这个年纪的人没有梦想？我看爸爸你这把年纪还梦想考上资格，才是痴人说梦吧。后年我就能考上中学教师资格了。虽然我一点也不想当中学教师。”

克子的想法并无恶意，不过她把亮作的希望全打碎了，他完全无力抵抗与回嘴。

亮作很想找个地方寄放书本。他认为这是抵抗这两个女人的唯一手段。而且他对这些书有着难以割舍的情感。

“有件事想要拜托社长帮忙。”

亮作拜托野口。

"其实，是关于逃难的事。"

"逃难啊？很好啊。这事应该尽早安排。您打算去哪里呢？"

"不，不是这件事。"

"应该是尊夫人阿姨的府上吧？在下听说她财力过人呢。好羡慕哦。要是能分一点给在下，不知该有多好。"

"是的。内人与小女会到那里避难，不过我跟那里渊源比较浅……"

亮作不想提起家庭不和的事。他不希望外人知道这件事。

"比较浅是什么意思呢？这可是一场持久战。有物资的地方十分有限。为了这家小工厂，在下不能随意离开。不然在下可是想要躲到乡下，大口品尝新鲜的食物，忘却忙碌的俗世呢。"

"我有个不情之请，能否借用您伊东别墅里的一个小角落呢？"

这个意外的请求，让野口脸上的微笑暂时消失。不久，他苦笑着摇头。

“恕在下无法答应您的请求。那是个只有四坪的简陋小屋哦。光是我们家人就快挤不下了。”

“轻井泽也没关系。”

“那里已经租给别人了。”

野口撒了一个谎。

他在轻井泽和伊东都有别墅。那是他长年来的梦想。夏天要到北方的山庄避暑，冬天要到南海的别墅过新年。

而且这个梦想轻易实现了。

他在轻井泽便宜买下找不到买主的别墅，那是一间中等的气派别墅。

在伊东找不到价格合理的别墅，于是他买下有温泉的土地。那是一个成年男子要四十分钟脚程才能从车站抵达的地方，位于平原的尽头，三方被山脉围绕的一小方平地，附近几乎没有人家。

田地正中央有一座温泉。他买下那片露天温泉，还有以温泉为中心，约两町步的田地。

伊东车站附近的人口稠密，已经没有发展的空间。未来只能向外发展。越接近山区，泉质越好。

虽然现在还是荒凉的偏远地区，但是等到战争过去，大家有闲暇时间出门游山玩水时，游乐区肯定会迅速发展。野口看好未来的发展，一并买下温泉与土地。他打着慢慢兴建大旅馆、泡温泉顺便赚钱的如意算盘，暂时盖了一间小别墅。请人打理农地、养鸡，兼做战时的营养补给基地，可以说是一石二鸟之计。

然而，从伊东车站出来，还要走四五十分钟的路，才能沿着死巷子，直达山脚下的平原尽头，虽然战争结束后，全国各地的景气势必好转，但伊东能不能发展到这个地方，还是个未知数。尽管如此，他还是用便宜的价钱买下这片两町大小、含温泉的田地。

亮作之前曾经受邀参观这座别墅。真的是随便盖来暂时栖身的房子，只有四间房间。

那里有两间鸡舍。大鸡舍养了二三十只鸡，小的废置不用。走投无路的亮作想起这间小屋。他已经豁出去了。

“我记得您还有一间鸡舍吧。”

“啥？您说鸡舍吗？有啊。怎么了？”

“可以请您把那间鸡舍借给我吗？”

“借鸡舍！”

野口兴致来了，直盯着亮作。

“您说的是那间荒废的小鸡舍吧？”

“当然。我从没想过要借用那间使用中的鸡舍。”

“那间鸡舍只有四尺五寸[①]宽，还不到一坪哦。您打算借来做什么呢？”

野口越来越感兴趣，盯着亮作瞧。在野口的目光下，亮作就像一只快要溶化的蛞蝓，眯着眼睛，几乎快要哭出来，不过他再次发起柔弱却固执的抵抗。

“没什么，我想要找个地方暂时存放两千本书。虽然身边不是没有值钱的东西，不过我根本没打算寄放我的财产。既然是战争，我就要死守我的岗位，我不会离开东京。我打算战到最后一兵一卒。我也不会整理手边值钱的东西。我要跟它们生死与共。不过，书本好歹是文化财产。我收藏的都是一些比较特殊的专业书籍，没办法用金

① 约136.5厘米。

钱估算。虽然也是要看读者啦。万一这些书没被烧掉，肯定有人拍手叫好。对后世一定有帮助。这不是为了我。虽然我一生庸庸碌碌，但是即使只有一个，也想给后人留点好评。这只不过是我临死前的感慨罢了。”

这些话把野口惹火了。他若无其事地露出微笑。

“这怎么行呢？在下这样成不了大器的小人物，哪来的能力收存这样的国宝。在下没办法负起保管的责任。”

“不，您不需要负责。”

“不行。不行。尽管您这么说，万一被战火烧尽，或是遗失了，该怎么办呢？野口只知道顾他那些不重要的东西，帮别人保管的国宝图书都烧光了。结果害在下在后世留下污名。既然是有学术价值的书籍，您还是麻烦文部省[①]或是大学保管吧。那么不得了的高级品，怎么能放在我们这种平凡和乐的家庭里呢？对不起，在下坚决反对。”

亮作说不出话来。野口用慈爱的目光，看着他落寞的模样。

---

① 相当于我国的教育部。

"梅村先生。您有没有搞错呢？人死了就什么都没了。在下不知道您手上有多少珍贵的书籍，恕在下失礼，您身为小学教师……不，在下没有恶意。您既不是大学教授，也不是专业学者，您收藏的书籍，在别的学者的书柜里，应该随便都找得到吧？千万别逞强哦。在下明白那是您一生珍爱的书本。不过现在可是战争哦。没了性命，还有什么用呢？劝您把那些绑手绑脚的书卖掉吧。用这笔钱，到偏乡买一间农家，准备逃难的落脚处，这才是聪明的做法。虽然在下这么说有点坏心眼，如果要放那些书的话，在下绝对不会出借鸡舍。但如果为了哪天逃难时的不时之需，要存放锅碗瓢盆或棉被的话，在下可以把那座鸡舍清出来给您。"

亮作泫然欲泣的脸上浮现微笑。

"没关系，不用了。我从没想过要逃难。我将随皇军赌上一切，一定会尽忠报国。而且日本才不会输。最后一定会获胜。虽然不知道还要等几年。到时候，我留下来的书应该能造福后世吧。这样我就心满意足，了无遗憾了。"

"梅村先生。战争唤来好几百万的炮火，烽火毫不留情哦。别嘴硬，别逞强了，这样是没有用的。”

“不会，我们一定会胜利。只不过是时间的问题罢了。军方已经完成秘密武器，等到敌军一鼓作气发动总攻击的时候，我方就能使出撒手锏，一举得胜。这是军方既定的作战计划。”

亮作讲得唾沫横飞。野口微笑地望着他。似乎非常佩服。

“若是棉被、衣服、锅碗瓢盆的话，可以寄放在鸡舍。劝您还是有备无患吧。这些都是必需品。那些书的话，趁现在还能卖个好价钱，赶快卖一卖吧。说不定还能拿来当柴烧。”

“也许真的能当柴烧吧。在战国乱世，连皇居的篱笆、国宝佛像都能拿来取暖。平民百姓也是出于无奈。我的书可能也会遭逢相同的命运。”

野口越来越佩服地摇摇头，像是看破一切似的低下头来。

信子与克子自从过年去姨婆家，给学校寄了证明书之后，便再也没回到东京。

三月十日的空袭[①]，亮作与野口都遇到火劫。不过，命倒是保住了。

亮作对于大本营发表[②]及报纸报道前景看好的说法深信不疑，过去空袭也没什么灾情，所以他高估日本的战况，连防空壕都没挖。再说，他的住处附近只要一挖就会涌出水来，挖防空壕也不是一件简单的事。

亮作完全没救到任何一件财物。能保住一条命，都算奇迹了。

当天夜里的空袭，直到敌机开始投掷炸弹，到处都是火海时，空袭警报才响起，亮作还在穿衣服的时候，就已经听到炸弹落地的巨响。不过他还是不知道空袭的恐怖，不仅慢慢地穿上衣服，还把装着现金的小包裹缠在肚子上。

走到外面一看，火海已经步步逼近。他的眼前一片火

---

① 东京大轰炸，1945年3月10日，美国出动B−29轰炸机，于东京大量投掷燃烧弹，造成近十万人死亡。

② 大本营为战时日本军最高统帅机关。大本营发表为战果宣传，虽然战争末期日本已经出现败势，但是大本营发表仍发送战况大好的消息。

红。火焰卷起旋风沿着地面散开，热气冷不防扑到脸上。他惨叫着跳起来。哭着拼命逃往下风处。

他完全不知道逃生路线。多亏他跑得快，才能保住一条命。他一直被大火追赶、挡住去路，一路逃得跌跌撞撞。逃跑的路上，没有任何能给他带来安全感的建筑物、防空壕或是广阔的公园，但也许是因为这个缘故，他才能得救。

他完全不知道自己跑了多远，回过神之后，他已经站在海边。天色逐渐亮起。

他的房子已经化为废墟。在倒塌的砖瓦下方，还剩下残留书本原形的灰烬。全都烧光了。东京还剩下许多房子，日本各地还有许多屋子，不过他住的家已经不存在了。

才半天的光景，他已经看到无数焦尸。他再也不想看，也不想停下脚步。看着房子的灰烬，他不禁悲从中来，再也忍不住泪水。那一带的路上、防空壕里，躺着许多焦黑的尸体，只有他一个人，站在一片已经烧成灰烬的房子里。

野口的房子跟工厂都烧光了。走到烧毁的房子一瞧，野口夫妻跟孩子们简直就像刚从坟墓里爬出来似的，脸上、手脚沾满泥土，站在一起。

大家都默不作声，面无表情地看着他。

“全都烧光了。”

野口喃喃自语。他的声音非常不悦，像是根本不想说话。

“我家也烧光了。只剩下我这身衣服。”

“能保住一条命，就很幸运了。振作点。”

虽然野口的面色狰狞，咬牙切齿，但是听在亮作耳里，总觉得还有股人情味。

他想要依靠野口，便使尽全力握住野口的手。他的胸口有股怀念的感觉。他无声地抽泣，好一阵子说不出话来。

“打起精神。”

野口温柔地把手放在他的肩上。

“我真傻。”

亮作哭到喘不过气。

“说这种话也不能改变什么。你也看到那么多的尸体了吧。我想即使是聪明的人也全死光了吧。”

野口还是一样不悦。他刚刚结束一场与死亡的搏斗。

在这个恐怖的夜里，他唯一能做的事就是努力活下来。

亮作也差点失去一条命，怎么也忘不了这恐怖的一夜。然而，现在，活下来更令人恐惧。

“请把鸡舍借给我。我什么都没了。我真的好傻。”

亮作不停地啜泣与大吼。

“请你别抛下我。求求你。想到只剩下我孤家寡人，都快要不能呼吸了。你要我当下人还是佃农都没关系。请带我去伊东。让我住鸡舍吧。”

野口的孩子们吓了一跳，移开目光。

“您之前没有准备棉被和衣服吧。”

“我不需要那种东西。我比较怕孤家寡人。只要有个能遮风避雨的屋顶就够了。别把我丢在这么可怕的地方。”

“这种时候，当然要互相帮助。不过，您应该到夫人逃难的地方找她吧？您是不是昏头了，什么都忘了呢？那里可不只有屋顶，应该也有棉被和锅碗瓢盆。您的夫人正在等您呢。她应该很担心您吧。”

“她才不会担心我，我必须工作。要是社长您不理我，我就活不下去了。”

“工厂已经烧掉了。只剩下伊东那个小房子。在下已经不是社长了。”

“拜托别抛弃我。”

亮作发狂似的啜泣。

野口愁眉苦脸地移开目光，不久，他回过神来，自言自语地说：“总之，在下得先在东京待个四五天，收拾工厂的残局。说不定有什么必须请您帮忙的事。以后会怎么样，没有人知道。在下也许会到其他工厂工作呢。说不定要成为一介劳工。”

他转身，挖开残骸和防空壕，开始寻找可用的物品。

买卖

在野口的同意下，亮作住进鸡舍。他铺了地板，用木板搭建墙壁。利用战灾户的特别配给品以及其他人送的东西，以最低限度的需求度日。虽然他身上有现金，不过除了食物之外，他完全不花钱。他没有毛巾，每次泡完温泉后，只能站在浴室里，等身子自然风干。野口的家人不再同情他，也不再送东西给他。

“梅村先生，您要不要考虑利用其他东西呢？不是只有毛巾能擦身体。虽然您什么都没有，倒也不是没有其他的替代品。对了，您腰上不是包了一条片刻不离身的包巾嘛。那条包巾应该可以充当毛巾使用吧？”

那条包巾里，好像包了不少现金。野口的家人都在猜测里面有多少钱。野口接着说下去，取笑亮作。

“听说您拿在下家中的柴刀削铅笔。柴刀是劈柴用的工具，请问削铅笔还顺手吗？只要跟在下家里的人说一声，他们会借您小刀啊。我看您不如买把小刀吧？我上次才找到一家还在营业的商店呢。”

“不要，我不买。我也不想买。我并不是爱惜金钱。只是想要体验这难得的生活。我的考古资料跟重要文献都烧光了，所以我想找出不在文献记载中的资料。我要把现在的生活当成原始时代，把这段经验化为资料，进行实验。以前的学者只能从地底挖掘石器时代的遗迹，现在，我要在生活里挖掘。这跟八纮一宇[①]的精神一致。不只那些英美的科学家才能挖掘遗迹，我打算当日本唯一一个遵从学问真髓，也就是日本精神的学者。不做到这种程度，就无法了解考古学。我将在考古学上，找出利用日本精神制胜的方法，英国的科学思想终究要向日本的复古精神投降。当日本全国化为焦土之后，日本反而能抓住英国科学思想的弱点。日本的胜利指日可待。”

“原来如此，您在体验石器时代啊。原来如此，当时没有毛巾吧？当时的人们沐浴之后，都是靠自然风干吧？可是，恕在下失礼，石器时代有那个什么贝冢，人们都是直接吃生的食物吧？现在我们吃的东西都没有调味，都是些猪吃的饲料，可能比不上石器时代吧。但我记得当时的人们过着穴居生活吧？住在鸡舍不是很奇怪吗？您是不是该到防空壕里生活呢？”

亮作无言以对。野口坏心眼地穷追不舍。

“您应该立刻进行穴居。请您去住防空壕吧。您应该

---

① 第二次世界大战时，日本的国家格言，表示天下一家，世界大同。其实是把侵略海外正当化的口号。

体验真正的石器时代。万万不可拿鸡舍蒙混。”

亮作露出软弱的笑容。结果嘴角全是口水泡。

“您说的是，不过我不急。反正事情自然会发展到那个地步。日本会化为焦土，这里要不是被烧光就是会被摧毁。大家以后都要穴居哦。不用急着去穴居。随着事情发展自然演进，才能体验真理。”

“您这话是认真的吗？”

“半点不假。”

“石器时代有毛毯、棉被和衣服吗？”

“当然没有。”

“为什么您要穿衣服呢？您不应该收下发给战灾户的毛毯吧？为什么要收呢？”

“收下来也没关系。”

“为什么？为什么要背叛难得的自然状态呢？”

“没关系。以后就收不到资源了。总有一天，大家都要光着身体。”

“这样还算是日本的胜利吗？”

“一定会获胜。‘存在’的思想必将灭亡。‘虚无’

的思想不会失败。”

“那是自然的。没有比虚无更差的情况了。”

“不对。虚无将会摧毁存在。”

亮作怯懦的眼睛里，浮现诡异的神色。看来他极端的思想已经走火入魔了。

当日本各大城市的轰炸告一个段落后，夏天来了。

人们陷入狂乱的热潮中，认为敌军将从伊豆半岛，尤其是伊东登陆。这里的地形正好适合登陆，加上又是铁轨的终点，众人谣传敌军将在此建立基地，然后往东直上首都，这里的人们开始相信此地将是本土的第一个战场。

仿佛为了证实这个谣言，人们在伊东周边的山里到处挖洞，洞穴的数量几乎可以躲进一整个师团，埋伏在此，等待敌军登陆，亮作也受雇当挖洞的挑夫。

从伊东通往各地的山间小径，挤满了带着家当逃离本土第一个战场的人们。随处可见抛售的别墅，即使价格杀到几乎免费，仍旧找不到买主。

野口也决定弃守。即使伊东不会成为本土第一个战场，临近东京的太平洋沿岸也迟早会沦为地狱般的战场。

这一带的群山诸海都会陷入火海，烽火连天。所有的房子、树木都会倒塌，只留下摧毁殆尽的土地。住在这种地方，无异是一种自杀行为。

野口还有轻井泽的别墅，所以他很快决定放弃这里。他打算趁这里被烧毁之前，先把别墅卖掉，躲到轻井泽。就算卖不到好价钱，也好过遭受战火的摧残。虽然别人的别墅卖不掉，但是他倒是对卖掉别墅这事充满信心。

野口开始认真思量，亮作片刻不离身的包包里，到底有多少钱。

“梅村先生。在下打算搬回轻井泽，您想不想买下这栋别墅呢？整片土地还包括温泉，算您一万元就行了。虽然这价钱简直是白白丢进水里，不过我愿意用一万元卖给您。”

这阵子，亮作出门当挑夫，所以很清楚镇上的情况。

每栋别墅的屋主都陷入惊慌与恐惧。他们只能抛售别墅和带不走的物品。不过还是找不到买主。因为镇上的人都深信敌军即将登陆。亮作并不是不相信这个传闻。只不过他一无所有，所以才能冷静地观察人们即将面临穴居的命运。

亮作曾经想要一栋属于自己的房子。之前房子烧掉的时候，失去房子令他悲恸欲绝，如今，他已经不再悲伤。因为他找到了几百个、几千个同伴。不过他倒也不是不想要房子。

亮作心想，万一自己能趁便宜捡到一间房子，又能幸运躲过战乱就好了。这样一来，他就能扭转自己的命运。说不定能成为少数拥有房子的人。

野口的房子跟镇上的别墅不一样，孤立于平原尽头的田地中央。说不定有机会躲过一劫。也许会是镇上唯一仅存的房子。

一想到这里，亮作突然觉得人生充满希望。

不过野口开的价钱太夸张了。狡猾的野口真是可恨。

“比这里大十倍，比这里气派的别墅，只要卖五千元哦。那些别墅还找不到买主呢。说起来也很正常啦。因为一两个月之后，那些房子全都会被夷为平地。以一两个月的房租来算，顶多只值一百元。如果是你的房子，差不多值三十元吧。我觉得三十元还嫌多了。”

亮作露出残酷的笑容。

“您别开玩笑了。我这房子可不会被夷为平地。这里还有土地跟温泉呢。几十吨的炸弹也毁不掉。”

野口冷笑着回答。看来他没有一万元。价钱好像开太高了。他开心地进行这笔居高临下的买卖，继续说：

“您可别想歪了。我举个例子，如果只有别墅的话，就算是金屋玉楼，找不到买主也很正常。现在敌人就快要攻过来，生活贫苦的我们，最大的财富是什么呢？相信不用在下多费唇舌，您一定很清楚，就是自给自足的土地。是田地。您知道吗？现在田地最值钱了。假使未来恢复和平，田地可能没那么值钱了。到时候，最值钱的又是什么呢？在这片土地上，一定是温泉吧。也许伊东镇上家家户户都接了温泉，可是温泉的源头有限。在下这里可是自流温泉哦。伊东可没有那么多自流温泉。大部分都是用马达抽上来的。您可以同时拥有现在最值钱的东西跟未来最值钱的东西，而且这两样东西，即使遭到空袭或是舰炮射击也不会改变，您还是觉得一万元太贵了吗？看在我们交情这么好的份儿上，在下才会便宜让给您。在下开一万元的话，肯定很多人抢着买呢。如果是不认识的人，我才不会用一万元卖出呢。恕在下失礼，在下是看在您的家当已经全数烧光，孑然一身的份儿上，才想为您尽点力。如今就此一别后，以后不知道还有没有机会见上一面，所以打算献上最后的友情。饯别之刻，在下也想免费奉送，不过在下也在战火中蒙受不少损失，没办法大方送给您。”

“在近代战争里，都在登陆地点发生激战，留下的遗迹全都满目疮痍，山不成山，河不成河，草木不生，鸟兽绝迹，一片荒芜。我看连伊东曾经在哪里，都没人认得出来吧。我看你的土地没化为河流或沼泽就不错了。想要复建温泉乡，可要花上二十年的时间。到时候，我都进棺材了。”

亮作再次残酷地笑了。

“您的意思是日本会亡国吗？”

野口反问。

“失去一切之后，日本会获得胜利。回到太古，经历太虚，新世界的黎明重现。日本是太虚，是太阳，也是新世界的盟主。这是上古的预言，也是历史的必然演进。”

“希望如此。话说回来，梅村先生。就算躲在洞穴里，人不吃东西还是活不下去啊。洞穴里的生活，可没有配给的物资啊。没有自己的田地，请问您到时候该怎么办呢？这片田还包括鸡舍的鸡哦。以日本目前的处境来说，几乎跟王公贵族没什么两样了。再说，万一在下把别墅卖给别人，您会被人赶离鸡舍。我想没有人会连您一起买下吧。”

这就是亮作的痛脚。万一野口真的找到买主，亮作肯定会被赶出去。

不过亮作丝毫不肯退让。

“请您去找买主吧。不用担心我。我好久没去听曲、看戏了，有果有人肯花一万元买下这房子，我还真想见识一下，等我笑完再离开鸡舍。”

野口心想，看来一万元行不通。他按照路边摊喊价的要诀，从一万元开始喊起，看来真的太贵了。这个价钱找不到买主。反正已经豁出去了，亮作抓住机会，讲话也大声了起来。

“卖给别人您真的没关系吗？”

野口脸色微微一变。

“是的。请您自便。我已经许久不曾开怀大笑了。”

“之前有人开价五千元想买，被在下拒绝了。不过，在下可不想拿钱换命，比起降价出售，我更怕耽误了时辰。看来您打的如意算盘是反正现在到处都有别墅出售，却苦于找不到买主吧。但您没想到的是，就连大战争这种生死关头，还是会有商人出没。我真是叹为观止。竟然有打算收购别墅的人存在。”

“我也有听说。不过我听到的说法不太一样，与其说是收购，倒不如说是捡便宜。因为根本不需要收购。大家都扔下别墅逃走了。据说只要抵得上搬家的运费，大家都欣然接受。”

没想到这事竟然闹到满城皆知，野口恨起那些人，不过他的目的还是这笔买卖。只要能多卖一分钱就够了。

“看来您有什么误会。那些别墅当然不值钱。可是在下开的可不是别墅的价钱，而是田地和温泉的价格。”

“那样的话，差不多一千元吧。说不定还要再便宜一点。”

“您说这片田地和温泉竟然只值一千元吗！”

“对啊，一千元。”

“请问您是怎么估算的呢？在下愿闻其详，以供日后参考。”

“假设敌军两个月之后登陆，别墅两个月的房租是六十元。万一敌军四五天后登陆，那我就是惨赔了。两个月后，这里会变成长达十几年的不毛沙漠，所以土地跟温泉都不值钱了。值钱的只有那三十几只鸡，还有现在田里的蔬菜。我这还估多了，全部加起来顶多值一千元。如果还没吃完，敌军就登陆了，那也是惨赔。假设概率各半的话，五百元刚刚好。”

“您竟然又砍了五百元！”

“没错。这还算多了。”

“您还想再砍！”

“没错。”

“还要砍多少！”

“说不定敌军明天就攻过来了。说不定是今天晚上。不对，说不定大岛[①]一带已经看到敌军的舰队，现在就要发布空袭警报了。”

---

① 奄美大岛，当时日军在此建设要塞。

“原来如此。所以呢？”

“不用钱了。”

“您愿意免费收下吗？那真是在下的荣幸。真不巧，到时候在下也要吃那些鸡跟蔬菜，没办法送给您。”

“我就拿一千元买下吧。”

“哈哈。您愿意花一千元买下吗？”

“是啊。万一我买下的时候，敌军正好展开登陆作战，我只能当成自己运气不好。不过我们还是不能放弃。放弃的话，就无法在这场战争中胜出。如果拿鸡舍的房租来说，这价钱有点高了，不过我一直受到你的关照，我会把这笔钱当成谢礼，也只能摸摸鼻子自认倒霉。”

“原来如此，在下真是受教了。原来有这么多种估算方式啊。在下深感佩服。不过，在下真是开了眼界。您应该更有成就才对呀？只要您愿意，可以把一千元的东西说成只值十元，还能讲出一番道理。您可以把方形的东西说成圆的，还能说明原因。把白的说成黑的，还能证明其中的道理。凡事都能按照您的计划，为什么穷了一辈子呢？梅村先生。您知道为什么吗？您知道您为什么会这么穷吗？明明凡事都能如您的意，不是吗？原因是这样的。您的算盘只在您身上行得通。在这个世界上可行不通。方形永远是方形。白的不会变成黑的。”

“现在可不能按照常理。因为现在是战时啊。你忘了，人家常说祸福无常。”

“你又要说祸福无常，找对自己有利的说法混过去，净是讲一些对自己有利的话。可是啊，这样的人生未免太不讲情面了。对吧？我举个例子好了。买房子啊，与其说是在战争的时候失去房子，说不定买完房子当天晚上就会遇上火灾。买温泉呢，说不定有一天地底突然发生变化，再也不会冒出温泉了。买牛呢，说不定明天就死掉了呢。硬要拿这些歪理，把五千元的东西说成一千元、五百元、免费。如果要照你的歪理，也许真的不用钱。因为您买完当天，说不定您就在房子里被烧死了。您以为您真能靠这些歪理走遍天下吗？”

“当然可以。你只不过想把平时跟战时混在一起，刻意混淆罢了。这是一个大家抛弃别墅逃难的时代。所有东西都会失去价值的时代。你那才是自私自利的算法。”

亮作的眼睛绽放诡异的光芒，嘴角抽动，冒出口水泡。他真的疯了。

野口不疾不徐地模糊争论的焦点。

“这是我的想法。只要日本还没灭亡，人类还没死绝，战争结束后，我们拥有的物品就是我们未来的希望。没有什么比一无所有更可悲的事情了。没有人能预测到时候是不是还有配给物资的机关和秩序。如果一无所有，只能像以前的落魄武士一样当强盗维生了。您这把年纪已经当不成强盗了。这可不是笑话哦。每个日本人都对此感到不安。到时候，只要拥有田地和温泉，即使盗匪横行，他们还是没办法把田地和温泉偷走。在这场悲惨的战争里，拥有田地和温泉才是活着最大的意义。这房子不一定会毁于战祸。说不定会毁于战祸，也有可能不会。人类一定要拥有梦想，拥有梦想才会快乐啊。我并不打算替梦想标个价钱。这片田地跟温泉只要五千元。总共六千坪。算起来一坪还不到一元呢。恕在下失礼，要是没遇到战争的话，您这辈子就算做梦都不会拥有六千坪的田地和温泉。这可是人人称羡的温泉哦。只有少数阶级才拥有的奢侈品。在下不会再多说了。请您自行选择自己的命运。只要五千元我就卖。您不肯的话，这事就一笔勾销。”

亮作片刻不离身的包包里，有七千多元。这是他在野口底下工作后，用五年的时间存下来的钱。由于这是个凡事靠配给的时代，根本用不到多少生活费，自从信子和克子受到姨婆接济，分开生活之后，他存钱的速度更快了。

他最怕的就是孤老终身。这是一无所有造成的恐惧。他非常了解自己的无能。年纪也快五十岁了，而他还一无所有。

他非常想买这栋别墅。拥有房子、田地和温泉，简直太美好了。他也觉得，这间盖在荒郊野外的房子，说不定真能躲过战祸。

即使房子毁了，只要有这亩田，还是能保证晚年安泰。

要是他没钱的话，说不定会去偷、去抢，只为了买下这座别墅。不巧的是，他正好拥有买下别墅的钱，所以他怎么也不想付这笔钱。他感到一股仿佛受骗、上当的寂寞。

尽管如此，拥有房子、田地和温泉，并不是一件坏事。他从来不敢想象，自己竟然能拥有这样的身份。这个期望几乎让他升天。人生真美好。战争万岁。

他快要哭出来，但还是硬挤出微笑："那我出两千元买下吧。"

"您在说什么呢？要不是我急着逃难，才不会开出这种跳楼拍卖价呢。现在五千元能买什么呢？跟您这种既没有房子又没有土地的人提这种事，是我的错。这是我费尽千辛万苦，好不容易才买到的别墅。如果您想拿那点小钱侮辱我，我干脆放一把火烧掉算了。"

"我没有侮辱你。我真的没有钱。"

"那就算了。没钱的话，那我们就没什么好说的了。"

"我们用三千元成交吧。"

"谁要跟您成交？"

"我只拿得出这么多钱。"

"没钱就算了。"

"你真卑鄙。"

"为什么？"

"跟我这个鸡舍的房客谈买卖，还想要进行一笔超过我现有资金的交易，当然卑鄙。”

“在下不想跟您争辩。如果您当律师的话，杀人犯应该很高兴。因为您可以导出小偷和骗子是正当行业的结论。债权人都可以被您说成罪人。”

“你提出这场买卖，只是想要捉弄我吧？如果真是如此，你真的是罪人。”

“看来，与其称您为善人，您更喜欢被称为罪人吧。”

“你先让我一时欣喜，充满期望，然后再把我推到谷底。在我没有希望的时候，还能在鸡舍里安然度日。现在你把我捧上天，再把我推到谷底，我已经失去平静的心境。你让我陷入绝望之中。不仅手脚都断了，还把我扔下不管，叫我快去工作。我该怎么办呢？”

“在下什么也没做哦。在下只想卖掉这片土地和房子，搬到轻井泽而已。”

“那我出两千五百元，请把土地、建筑物和温泉各卖一半给我。”

“如果在下找得到另一半的买主，我就卖给你。”

亮作皱着眉头，放弃地哭了起来。

“我早就把过去那些难过的事忘光了。要是没忘掉那些事，我怎么能在鸡舍过活。我努力忘掉那些事。好不容易才习惯这种跟蛆没什么两样的生活。忘记我的耻辱与别人的评价，打造一个毫无希望的心境。那就是我所有的财产。你竟然把我所有的财产都抢走了。你把那些我曾经遗忘的悲伤，不对，你把更大的悲伤打进我心底。那简直就像一颗火球，让我全身充满悲伤，近乎发狂。三月十日，在那场恐怖的空袭里，火舌追在我的背后，几乎快烧到我身上。你要我怎么办呢？我的耳边传来比三月十日的空袭还要恐怖的舰炮轰炸声。天空充满火光，山崩地裂，落石喷火。我被一切抛弃了。已经无力前进。我该怎么办才好？”

亮作发出呵呵呵的声音，又惨叫一声，哭了起来。

野口觉得他很可怜，心想三千元正好可以支付搬家的费用，反正别墅会在战祸之中毁于一旦，与其白白丢掉，不如用三千元卖掉好了。

可是，他又想了想，同情亮作对他没有什么好处。在战争这条冷酷魔神的路上，只能顺从自己的命运，没有人能靠自己的意志躲过命运。没人知道自己一个小时后的命运。同情别人，只是没认清自己身份的愚蠢行为罢了。

“战场可不是只有这一处啊。迟早整个日本都会沦为战场。在下还比较羡慕您，可以自由挑选喜欢的房子。”

“反正都会死，我决定咬牙拿出四千元。请用四千元卖给我。”

“不行。五千元。这是底价了。在下并不是在做生意。五千元已经是跳楼拍卖价，已经杀到底了，根本没赚您一毛钱。这只是在下依照心意，随便开的跳楼价。这份心意只能稍微抚慰在下必须舍弃心爱土地的悲伤。在下不想破坏这份心意。请别把它当成买卖，随便杀价或是降价。”

亮作抬起疯狂哭泣的脸，注视着野口。虽然他有点怯懦，不过又露出平常那种若有所思的微笑。

“如果我用五千元买下，你今天就会离开吗？不对，请你今天马上离开。”

“今天还没办法。前阵子在下已经跟车站那边说好了，明天早上才会搬运行李。在下已经打点好了，明天下午就会离开。”

“说到做到哦。”

“在下保证。您什么时候要支付五千元呢？”

“等你离开的时候再给。”

“这可不成。万一您改变心意了，在下又要延后出发的时间，另外找买主了。在下最怕的就是逃难的时间又要延期。请您现在就付我五千元。”

“不行，这不公平。”

“这没道理吧。对您来说，趁今天及早完成登记手续比较重要吧。到时候，您就是这里的主人了，就可以放心了。”

于是，野口的别墅成了亮作的所有物。

第二天，野口把行李运到车站，他亮出耕田工具，包括锄头、镰刀、柴刀及铁锹，“整套卖您一百元，不知您意下如何？另外还有一整套建筑工具，包括抹刀在内，一应俱全。如果您不需要的话，在下打算在车站喊价出售。”

“一百元太贵了。”

“真的吗？连水桶、秤和洒水器都有哦。现在上哪去买这些农具和建筑工具呢？而且现在这些东西最值钱了。好货不嫌多，在下本来想要带走，想到您什么都没有，就算拥有田地，也没办法耕作，才打算让给您。如果您觉得太重的话，那在下只好不辞劳苦，把它们带走了。”

“那些应该是买地的赠品。”

“您这么说的话，买房子也要送家具啰？”

“不是，那些是户外用的物品。”

“哈哈哈。”

“我买啦。”

他心不甘情不愿地从包包里拿出一百元。

野口一家人离开了。

野口兴建这栋别墅之后，来了一个负责看守的奇特女佣。这个怪人叫作“金时”，是个年方二十四岁的女人。她的脸跟身材都圆滚滚的，还有惊人的怪力。

金时懂得耕田，却不会煮饭。叫金时煮饭的话，她会烧一锅热水，把调味料扔进锅里，把饭、菜全部扔下锅，再用饭匙搅拌就完成了。她不会煮其他的食物。

不过她在田里能抵好几个男人，还能一派轻松地为两町步的田地翻土。比起煮饭，她更喜欢搅动堆肥。

金时没遇到喜好特殊的男人，所以至今无人追求，一时之间也找不到比她更适合耕田的别墅管理人。

亮作对农事一窍不通，所以他让金时留下来，由于两町步的田地收获颇丰，在敌军登陆之前，靠金时工作还能过着无忧无虑的日子。

才一天的时间，就出现这么大的变化。原本住在鸡舍里、一无所有的亮作，现在已经成了大富翁。虽然这是经过一番算计，争论敌军登陆时间才成交的买卖，但是在敌军登陆之前，亮作的确是别墅的主人。

亮作感到心满意足。他走进已经是自己所有物的客房里，傻傻地发呆。战争的时候，人有空就会发呆，不过亮作发呆的时间特别久。

金时走进房间，站在他后面。

“给我买棉被。”

“棉被？”

“还要蚊帐。”

“你没有吗？”

“你也没有吧？”

亮作觉得胸口闷闷的。他果然一无所有。这件事让他激愤难平。

“我分你一条毛毯。这样就够了。”

“冬天会冷。现在就买给我。”

“你能背着棉被逃离战场吗？”

“我会背。还有蚊帐。”

“不需要蚊帐。以后我们就会在洞穴里生活。洞穴又不能挂蚊帐。”

“可以。我会打洞来挂。顺便买锅子跟饭锅。”

“我已经有了。”

“太小了。”

“不小了。够四个人吃了。”

“不够我吃。”

“你有毛病吗？那个饭锅可以煮一升米。”

“我要吃三升。”

“你一餐可以吃一升吗？”

“我一天要吃五餐。”

亮作哑口无言。金时像在可怜他似的，一直盯着他瞧，劝诫他说：

“全都买吧。现在很便宜。我可以买到便宜货。你身上的钱，全部交给我。”

“你要干吗？”

“趁有钱的时候买一买。”

“笨蛋。全花光要怎么过活？”

“别担心。交给我。”

“来收电费的时候怎么办？”

“把田里的作物卖掉，拿来付钱。你不用担心。”

“这样啊。真的不要紧吗？”

“不要紧。”

“你买那么多。战争的时候，要带着逃走吗？”

“交给我。”

亮作觉得金时的话很可靠，于是打开包巾，拿出他宝贝的现金。里面还剩两千多元。

他们一起去买东西。

金时先是买了一台大八车[①]。那是长年扔在仓库深处的闲置品，在这场翻山越岭的逃难中实在派不上用场。金时早就物色好了。她告诉亮作，只要修一下就还能使用。在这股逃难潮中，最值钱的就属大八车，不过这台真的很便宜。尽管如此，大八车还是最贵的东西。他们买了一整车的东西。

“你喜欢酒吗？”

“嗯。你要买酒吗？”

“我酿给你。”

金时买了酒瓶和酒杯，还买了两个酿酒的罐子。亮作感到一股难以言喻的感动。他想要向老天爷道谢。

“你也喜欢喝酒吗？”

“我不喝。我比较喜欢吃饱。”

最后买了一套钓鱼用具。

“田地我一个人就行了。你没事做，无聊的话就去钓鱼吧。”

---

① 双轮推车。

“哦。钓得到吗？”

“钓得到吧。不喜欢就别钓了。”

“我试试看。”

不久，战争结束了。

亮作从来不曾做过这么幸福的美梦。他载着大八车跟满满的物品，和金时在洞穴里活下来了。他们回到废墟，马上开始耕作，希望以后过着安稳的生活。这已经是充满希望的未来了。而且他还有房子和农田。

亮作每天都到街上闲逛。他怎么也坐不住。因为当他独自留在屋子里的时候，完全感受不到自己已经拥有房子、农田与温泉。不知不觉中，他发现自己泪流满面，他不认为这是拥有这些物品带来的心满意足。所以他急忙上街。每天都在街上走来走去。

镇上到处都可以看到单调战争中从未出现过的微小变化。亮作仔细观察这些变化。

这是与亮作完全无关的变化。没有任何一种变化能让他产生自己是拥有者的自觉。尽管如此，他还是觉得很怀念。他把每一个小变化都看在眼里。心里觉得暖洋洋的。

某天夜里，他想到自己该挂上门牌了。

在此之前，他一直没挂上门牌。反正没有人会寄信来，他也不曾想过要收信。他已经不再怀念过去的一切。梅村亮作已经死了。挂一个别人的新门牌吧，想到这一点，他觉得非常愉快。

他打开窗户，对着澄澈的夜空思考。

战争结束之前，他躲在溪流的岩缝之间，偷偷享受钓鱼的乐趣，每次都会惊扰那些水鸟。那是一条小鸟聚集的溪流。

把酒拆成水鸟两个字吧。这是个双关语。把酒拆成两个字，就成了三点水和鸟（酉）。金时酿的浊酒很难喝。如果硬要拿去酿酒的话，多半只能酿出甜酒。虽然金时做事认真，却不够上进，看来酿浊酒的功夫不会有什么长进了。每次酿出甜酒的时候，亮作都觉得很沮丧，不过他从没打算学习酿酒功夫，好酿造好喝的浊酒。每天都能饮用美味的浊酒，也许很愉快吧，不过他有金时酿的难喝的浊酒和甜酒就心满意足。期待下次完成的是什么酒，好过每天一成不变地饮用美味的浊酒。金时做什么都是粗枝大叶，不过她的粗枝大叶，反而让人感到人情味。比起其他人酿的美味浊酒，他更珍惜金时酿的粗枝大叶、质量低劣的浊酒。

“嗯。水鸟亭。这个好。”

半月挂在山边。

“水鸟亭山月。嗯。就是它了。”

他砍下竹子，用小刀刻字，做了一块门牌。

伊东周边的群山里，有无数个战时防范敌军登陆而挖的洞穴。这些洞穴跟防空壕不同，用于陆战用途，都是一些很大的洞穴，除了部队之外，还能放置战车与卡车。

后来，离市区最近的洞穴成了乞丐的据点。伊东的农田也有温泉，再加上旅馆、鱼市场都能找到许多给乞丐的食物，于是这里成了乞丐和野狗的天堂。住在上野地下道的乞丐们，听了这件事之后，就把整个部队迁了过来，如今已经住了大约六十户。

其中有个年约六十岁的老头，以前曾经是中学（相当于现在的高中）老师。由于在这里乞讨吃得很好，所以面色红润，身材也很富态，还能随时到田里泡露天温泉，身子干干净净的，比那些在战争里烧伤的人好多了。从他随身背着日用品，包括水桶、饭盒、锅子与裁缝道具的那副模样，才能看出他是个乞丐，不明就里的旅客还以为他是登山客，总之，他是一个一点也不起眼、打扮洋派的居民。

虽然大家都称这位当过中学老师的老头为大叔，但是他依然精力十足、威严端庄，看起来跟现任中学老师没什么两样。他的威严主要来自嘴巴上的胡子以及专注的眼神，如果没有充足营养养出来的光滑皮肤与精力，威严可能会减去一大半。

他似乎热爱孤独与逍遥。平时背着日用品，安静地走在路上，完全不为他的老本行汲汲营营，偶尔看到在马路上工作的劳工，只会轻声说："马路拓宽。马路拓宽。"

看到路边涌出的温泉，则会低语："温泉涌现。温泉涌现。"

有一天，他偶然路过水鸟亭。这是他第一次经过水鸟亭，他平静的逍遥有部分原因来自他的老本行，他之前从来没机会走上这条矗立在田中央、通往水鸟亭的独立小径。

他平静的步伐停在水鸟亭门口。是什么东西，让不为所动的哲人停下脚步呢？是门上的门牌。

“水鸟亭山月。水鸟亭山月。”

朗读两次后，他再次回头。边走边说：“水鸟亭山月。嗯。原来是浪曲[①]师的别墅啊。”

又低声说：“浪曲师别墅。浪曲师别墅。”

亮作正好在篱笆旁照顾农作物，悄悄把他的动作看在眼里，把他讲的话听进耳里。有一股称不上恐惧，也称不上可怕的事物，压得他喘不过气。

战争结束后，已经过了好几年。市面上已经买得到各种商品。看来他已经忘记政府曾经拿猪的食物充当人的配给品，甚至整整一个月都没有配给品的时代了。曾几何时，自己田里的作物是无上珍馐的那个时代也过去了。现在只要有钱就买得到肉、砂糖、进口芝士，甚至是苏格兰

① 日本的一种说唱艺术。

威士忌。几年前，连一条沙丁鱼都是难能可贵的贵重物品，现在，伊东鱼市场里的竹筴鱼干和鲭鱼干，连野狗都不屑一顾，温泉街的商贩还会把几乎没动过的龙虾料理直接扔进垃圾桶。

无怪乎洞穴里那一整个部队的乞丐越来越接近圣贤。他们不需要为了居住问题而烦恼，营养非常好。

只有亮作——不，改名后的水鸟亭山月，他唯一得到的、拼命守住的，只有那栋房子和小小的田地，他的衣、食和住都跟战时没什么两样。他只能吃自己那片田种出来的作物，无法过奢侈的生活。他没有钱，也没有工作。不，他唯一能夸耀的，只有自己是温泉与田地的主人这件事。也许有点不可思议，他的心境恰巧符合斜阳族[①]。他只有一身傲气。这身傲气甚至不允许他捡拾地上的东西，也不允许他去找工作。

在那些洞穴里的居民当中，亮作也认识日子过得特别精彩的大叔。他也曾见过大叔轻声说“马路拓

---

① 源于太宰治的小说《斜阳》，意指没落的上流阶级，仍然执着于自己虚有其表的名号。

宽”“马路拓宽”，那副平静的逍遥姿态，他也听说大叔曾经是中学老师。

当他知道大叔的存在时，也曾经感到一种充满讽刺的满足。中学老师曾经是自己大半辈子的心愿，最后却没当成，成了拥有温泉和农田的别墅主人。然后，以前曾是中学老师的人，现在只不过是洞穴的居民。

随着战争的阴影散去，他的生活越来越窘迫，亮作觉得越来越可悲，他越来越常想到大叔的事。这是他深藏在心底、恐惧不已的秘密。他不想让任何人发现自己的秘密。

大叔过着安定的生活，自己的生活却不安定。明明没有收入，却要付那些税金与捐款，只能咬紧牙关，守护浮世的繁华。虽然自己拥有温泉与农田，但是大叔不也拥有温泉与农田吗？他不仅拥有露天温泉，除了农田之外，他还拥有海边的渔场及荒野的牧场。寻遍山珍海味，随时都能大快朵颐。

不过亮作依然瞧不起乞丐，不忘自己以别墅主人为傲的心。问题应该是出在他怎么也忘不了这样的心情。他觉得自己被大叔的存在压倒，把这件事当成心底的秘密，生怕别人发现这个秘密。

“浪曲师别墅。浪曲师别墅。”

大叔口中念念有词地离开。虽然他认同在篱笆旁工作的亮作，不过对浪曲师本人似乎没什么兴趣。是“水鸟亭山月”这块门牌，打扰了他稳重的步伐。亮作也察觉了这件事。

“水鸟亭山月……”

当大叔的身影消失后，亮作轻声低喃。

亮作深深体会到一件事，大叔认同的只是水鸟亭山月这块门牌，而并不是他本人的存在。他觉得这件事理所当然。

“这块门牌并不代表我。”

他想把水鸟亭山月这块门牌拆下来。不过，当他绕到门口看着门牌时，又觉得很悲惨，怎么也舍不得拆下来。他反复思量，犹豫不决，终究没拆掉。

隔天早上，他依然没拆下门牌，人们在鸡舍旁发现他上吊自杀的身影。

行云流水

“和尚，大事不好了。”

寺庙对面酱菜店的老板娘大声嚷嚷地冲进来。

“什么大事不好了？”

“我们家吾吉那个混蛋竟然迷上女人了。那个女人就是住在寺庙后面，那个被打屁股的妓女。真是太丢人了。真希望有人帮我出手打吾吉那个混蛋的屁股。我只能来拜托和尚，帮我好好说说那个混蛋了。”

“那个女人没做什么坏事吧？她长得漂亮又性感，虽然脑袋不够聪明，不过这样才有趣，相处久了也不会腻。”

“别说这种话。再怎么说，我最讨厌妓女了。”

“她也是为了讨生活啊。妓女跟游女[①]没什么差别啊。我觉得吾吉也没做什么坏事嘛。”

“怎么跟我们家老公说得一模一样。男人怎么都这

---

① 原文中的パン助，主要是第二次世界大战后服务美军的妓女，带有贬义。游女则是传统的妓女。

样？女人就要一清二白才行。我们家老公也说妓女没有错，因为不这么做就没办法讨生活了，什么嘛，可恶，都一把年纪了还在召妓，给我记住。和尚你也一样吧？真是的，我都吓到不知道该说什么才好了。”

“所以这事拜托贫僧也没有用。我们两个人的想法是一样的。罪过，罪过。”

“什么罪过？你振作一点啊，笨蛋。不过我有件事要拜托你。我会把吾吉那个混蛋带过来，请你让他坐在正殿，在佛祖跟前好好把他训一顿。”

于是，和尚只好跟吾吉谈话。

“听说你跟后面那个女人搞上了？”

“啥？对不起。”

“你们订婚了吗？”

“没有。因为那女人怎么也不肯答应，我都快疯了。我已经在那女人身上花了三十万元。我都想一刀杀掉那个臭女人算了。”

“喂，别说那种吓人的话。哈哈。所以你只是花钱买女人啊。”

“就是这样。听说那个被打屁股的妓女长得很可爱，又很清纯，只要花钱就能拥有她，交易之后发现果真跟传闻一模一样。等到熟识之后，才发现她很冷淡，可是都有感情了，就冲昏头了，嘿嘿。真的很抱歉，她一直在我的脑海中挥之不去，连做梦都忘不了她。希望佛祖保佑，成就我们这段姻缘。”

“你这笨蛋，嘴巴倒是挺会讲的。什么冷淡？有感情？原来如此。但愿佛祖保佑你们。”

和尚很悠哉。他热衷于酿浊酒和将棋，念经的时间大概只剩下四分之一，成了这一区的大家长，个性又亲切，大家都很喜欢他。

寺庙后面那个被打屁股的妓女，是建筑工人的女儿，叫作园子。战争结束后，父亲得了肺病，卧病在床，园子去当事务人员挣钱，不过一个女人家，总是没办法养活生病的父亲、家中的弟弟和妹妹。不知从什么时候起，她就当起妓女了。如果是在外面讨生活，那倒还好，她偶尔会把男人带回家。

后来，生病的父亲终于忍不住了，一把抓住园子后，把她压在地上，掀起她的衣服，狠狠打了她的屁股。边打边吐血，力气用尽之后断气了。父亲等于是被园子逼死的。

也许是父亲用尽生命最后一丝力气，把女儿痛揍一顿这件事太有趣，附近的人全都跑来看热闹。他用尽全力打了园子的屁股才断气，把大家都看傻了。

“病人总是比较歇斯底里。”

通晓人情的和尚在守灵的会场，为园子说话。

“因为不知道该怎么感谢你，才会打你屁股吧。人就是这样。往生者其实很感激你。”

没有人敢表示意见。

“没有错。你的屁股是可爱的屁股。帮父亲延寿，赚取医药费，是了不起的屁股。不需要觉得羞耻。”

她的屁股真的很可爱。虽然女人的身材娇小、瘦弱，不过胸部跟屁股的肉恰到好处，非常丰满，诱发男人的情欲。和尚像是正在抚摸园子的屁股似的有感而发，大家都被他那不寻常的模样吓呆了。

因为吾吉的请求，和尚前去拜访园子，她的弟弟妹妹都上学去了，家里却有一双男鞋，好像有人躲在壁橱里。

“出来吧，别像只老鼠。别躲了，躲起来没办法好好说话。都被老爸打屁股，活活把他气死了，带男人回来也没什么大不了的。”

园子低头，不发一语。和尚站起来，打开壁橱，一名年轻男子缩着身子坐在里面，同样垂头丧气。他总算是看开了，爬到外面。

“你就坐那儿吧。不好意思，打扰你们的恩爱。”

和尚根本没有一丝歉意。

“其实是酱菜屋的少东拜托我来的，他打从心底喜欢你。如果你愿意的话，他打算跟你结婚，你意下如何？”

“我不要。”

“还真坦白啊。你有什么困难吗？”

“我被父亲打了屁股，害父亲折寿，所以我就算拼上这条命，也要当一辈子妓女。让他看看我的决心。”

“这是我这阵子听到最勇敢的一句话了。武士以额头的伤为耻。中国人说是面子。以前人们就很重视面子问题，不过当今女性已经要靠屁股来保全颜面了吗？”

“我不清楚，不过我必须把弟弟妹妹拉扯大，所以非做这门生意不可。这一带的人全都叫我妓女，老是盯着人家的脸瞧，这里有那么多讨厌鬼，我才不想嫁到这里。”

“你说的有道理。这表示你不跟吾吉结婚，并不是因为讨厌吾吉，而是为了坚持自己的信念吧？”

“倒也不是。我很讨厌吾吉哦。如果喜欢的话，我会免费陪他。因为我讨厌他，所以才会死皮赖脸地跟他讨零用钱，叫他买东西给我。那个人竟然还说我在你身上花了三十万元，所以你应该嫁给我，真讨厌。”

“原来如此。你说得很有道理。要是你嫁进酱菜店的话，不但你的家人会不幸，对方应该也会不幸吧。放心好了，如果有事贫僧会帮你打理，你就认真当妓女吧。”

和尚起身返家，对吾吉晓以大义。

“可恶。那个臭女人，竟然这么说。不可原谅。”

“别这样，生气也不能解决问题。那个女生是因为被打了屁股才会逞强，不是你想的那样。你就死心吧。”

“欸嘿嘿，我也不喜欢勉强别人，不过，给我记住了。可恶的女人。就算不能把她碎尸万段，我也要把她剃成光头。”

他的恨意非比寻常。和尚有点担心，见了园子，跟她说明吾吉的情况，要她小心。

“好的，谢谢。我正好要跟男人去出差，他要带我一起出门玩三个星期。三个星期后，他应该冷静一点了吧。开口闭口只会说自己的事，我最讨厌那样的男人了。”

于是，她给待在家里的弟弟留了一笔钱，然后不知道上哪去了。

佛家有一句话叫作“行云流水[①]”，园子已经顿悟云水的境界了，和尚感到万分佩服。通常云水境地指的是放下那些恋恋不舍的想法，披上袈裟，云流四海，不过园子更加透彻。她早已目空一切，也就是说，她靠着屁股行遍天下，即可达到行云流水的境界。真的非常透彻。已经不需要师尊的大声训斥了。

园子才十八岁。一般来说，这年纪还只是个女学生，

① 比喻放下执着，了无牵挂。

还是尚未发育完全的小女孩。在她的身上，还能看到不少尚未成熟的影子，不过她的乳房和屁股已经丰满欲滴，绽放诱人的魅力。

想到她靠屁股行云流水，和尚有点不是滋味。才那把年纪，已经不需要听师尊训斥了。和尚还得挨上三十棍才行。

“现在这个时节，就连久米仙人[①]都要看得目不转睛了。平凡如我，自然要更加努力。”

和尚感到些许慰藉。

三四天后，吾吉行踪不明。听说他从公司挪用五十万元后逃跑了。调查后发现，早在这之前，他已经花掉了五十万元公款。他把这笔钱都花在园子身上了。

“和尚啊，他真是个无可救药的傻瓜。嘴里一直叨念着园子拿走他的三十万元，现在那家伙是又犯什么傻啦，竟卷铺盖逃走。没想到他竟然偷钱包养那个女人。我看他大概跟园子手牵着手去当亡命鸳鸯了吧。真是个笨蛋。”

① 相传久米仙人贪看洗衣女的小腿，因而从云端坠入凡尘，失去神力。

“吾吉也太有勇无谋了。园子没有跟他在一起，园子根本没把他看在眼里。”

“哼，别说得一副你全都知道的样子。笨蛋。话说回来，和尚啊，我该怎么办呢？”

“反正我们也不知道他的下落，先别担心他了。你就是这样，念个不停，做事不周全，才会教出那样的儿子。”

“哼，真是不好意思啊。死秃驴，用不着你多管闲事。不过和尚啊，你帮我卜个卦吧。我要揪住那家伙的衣领，把他痛揍一顿。”

酱菜店的老板娘说到“痛揍一顿”的时候，特意加强了语气，这也怪不得她，她被警察传唤，又被报社记者骚扰，难怪她要生气。

大约十天后，吾吉花光身上的五十万元，在相模湖[1]的山林上吊身亡。偷来的钱大部分都被他赌光了。

“和尚啊。不好意思，那家伙好像还没成佛，请您诵经

① 在神奈川县。

超度他吧。每天晚上，骨灰坛都会咔咔作响，吵死了。”

“你听错了吧？我看你也神经衰弱了。还以为老板娘绝对不会得这种病，世事果然无常啊。”

“别把我当傻瓜。那个笨蛋用一根绳子上吊自杀，才不会害我神经衰弱。都是和尚没有认真诵经的缘故，那家伙才没办法成佛。”

“我最近记性越来越差了。念经只要念重点就好，这样才有效。等我有空就为他诵经，好好跟亡灵交谈，这样行了吧？”

“别开玩笑了，笨蛋。”

酱菜店的老板娘气得回家了，约莫一小时后，她一脸悲痛地回来。

“和尚。我快被吓死了。亡灵真的出现了。”

“真难得啊。他说了什么？”

“不是这样啦。骨灰坛咔咔作响真的很奇怪。因为我本来以为是小老鼠。所以把骨灰坛打开来一探究竟。我把骨灰全倒到报纸上，仔细翻找一遍，结果没什么异状。不久，我捡到一颗牙齿。那家伙在门牙上写了数字，写了

‘30’。我不认识字啦，我老公洋洋得意地念给我听，说上面写了‘30’。真傻啊。那家伙肯定忘不了被妓女拿走三十万元的怨气。”

“牙齿在哪？给我看看。”

仔细一看，牙齿上果然有咖啡色的痕迹。看起来像“30”，不过不是很明显。看起来不像生前刻在牙齿上的字，比较像是用了隐形墨水，火烤之后浮现的字迹。

热爱将棋的和尚也很喜欢推理，他把身子往前倾。

“嗯，好。这事交给贫僧调查，老板娘也一起来吧。”

和尚拜访认识的牙医。牙医把牙齿拿在手里，研究一番。

“我也不晓得怎么会这样。我从来不曾帮死人医过牙齿，所以没办法说什么，不过这只是偶然吧。”

“这是上吊自杀的往生者，他有没有可能用隐形墨水写在牙齿上，高温烤过之后，字体才浮出来呢？”

“不晓得。我从没听说有人用隐形墨水在牙齿上写字，通常嘴巴是湿的，用了隐形墨水也会被冲掉吧？这只是偶然吧。我没看过已经烧成骨头的牙齿，也许只是刚好看起来像字吧？”

“真的不是隐形墨水吗？”

“和尚，别说傻话了。你已经不是小孩子了，剃度出家的老头，就别把隐形墨水挂在嘴边了。吾吉那个笨蛋真的满怀恨意地现身了。都是你不帮他诵经，才会发生这种事。连骨灰坛都闹起来，看来这事可严重了。”

“知道了，知道了。把骨灰坛放在我这里吧，我会把它放在正殿，连续二十一天用心诵经。”

和尚迫不得已，只好把骨灰坛带回庙里。不然他就要出门诵经了。只要放在正殿，即使偷懒没诵经也不会被发现。

不久，园子行云流水回来了，他把园子叫到正殿。

“老实告诉你，你不在的时候，吾吉上吊死了。”

“这样啊。我看他是被死神缠上了。这种男人我可看多了。”

“酱菜店的老板娘没去骂你吗？”

“还没来，事到如今也只能随她骂了。”

“看来也只能这样了，吾吉在你身上花了三十万元，好像很不甘心的样子。每天深夜骨灰坛都会咔咔作响。因为太奇怪了，所以我们打开检查了一遍，发现门牙上竟然出现‘30’这个数字。大概是为了三十万元，无法成佛吧。你看，吾吉的遗骨就在那边，你拜拜他吧，好让他放下。”

“我才不要拜他。”

园子生气了。

“如果他乖乖死掉，我还愿意拜他，居然怀着对我的恨意死掉，没看过器量这么小的人。既然这样，我也要恨他。我被父亲打屁股的时候，已经与全世界为敌了，我才不怕吾吉的鬼魂呢。”

“真是倔强的姑娘，没见过这样的姑娘。”

和尚把骨灰坛拿过来，从里面翻出门牙。

“你看看，上面写着‘30’吧。贫僧认为他已经丧失理智，上吊前用隐形墨水在牙齿上写字，不过酱菜店的老板娘觉得这是亡灵不肯离开，在牙齿上留的字。唉，这个傻瓜真是太固执了，死后也不知道会做出什么事。我懒得诵经，他肯定不太高兴。”

园子拿起牙齿，研究一番，不过她一点也不害怕。

“随便他吧。给我记住，我也很恨你。你不会孤单的，以后还会有很多人跟你做伴。”

园子露出无所畏惧的嘲笑，把门牙扔进骨灰坛。

“好气魄。你有心仪的对象吗？”

“你管太多了吧？”

“就当我多管闲事，告诉我吧。我实在不懂现在的女人在想什么，想要一些参考。我前前后后娶过三个老婆，以前更是欢场常客，不过我不懂现在的女人在想什么。”

“打完我的屁股就死掉，太卑鄙了。吾吉也很卑鄙。男人全都一样卑鄙。我恨男人。在我的眼里，他们都是笨蛋。”

“原来如此。难怪你这么想。男人确实是笨蛋，做什么事都会搞砸。可是吾吉之前说过想把你碎尸万段，至少要把你的头发剃光，对你恨之入骨，你可要多加小心。亡魂很有耐心，我们和尚最明白了。虽然不至于诅咒三代子孙，诅咒今世的人倒是很有耐心。”

园子只露出冷笑，没有回答，说句“再见”就回去了。

和尚感慨万千地盯着骨灰坛。男人看起来全像笨蛋，这句话他也感同身受。

男人只不过是凡夫俗子。根本不及园子靠屁股行云流水的境界。她的屁股平静无波、明亮无影，只是纯粹的屁股，这就是所谓的行云流水。

想到她那带着乳臭未干的孩子气，却又充满迷人的魅力、形状姣好的乳房与屁股，和尚也不知如何是好。什么佛祖，全都是骗人的，男人怎么可能悟道成佛。

吾吉的亡魂留在这里，愤恨难消，在门牙写上“30”，夜里把骨灰坛弄得咔咔作响，他也许能称上男人中的勇士吧。虽然无法达到明镜止水的境界，却是个厉害的笨蛋。和尚首次对骨灰坛感到亲切。不过他依然忙着酿造浊酒，根本没有诵经。

和尚造访园子家的时候，那个躲在壁橱里的男人，跟园子正打得火热，他也是一个笨蛋。他带园子一起出差兼旅行，长达三个星期，出差只是个幌子，他其实是卷款潜逃，想尽办法逃跑。也就是说，他现在的处境跟吾吉一样。

回到东京后，从园子那里听说吾吉上吊和骨灰坛的事，他感到可悲。因为他也已经走上绝路，差一步就要上吊了。

男人担心地问："我跟吾吉不一样吧？你爱我吧？"

"你跟吾吉不一样啊。我喜欢你。"

"这样啊。"

男人想了一下。

"你老实说，你是不是讨厌我了？"

"没那回事啊。你是我第一个喜欢上的男人，我才不会把你甩掉。"

男人又想了一下。

"我就老实跟你说吧。除了老实说，我也没有别的办法了。时至今日，除了自杀，我已经没有别的办法了。"

"事情怎么会变成这样呢？"

"这事你就不懂了。我现在的处境跟吾吉先生一样了。你知道吗？出差只是一个幌子。我挪用公司的钱，现在到处跑路。偷来的钱都花完了。我没有当劫匪的勇气，除了死之外，我真的没办法了。之前去旅行的时候，我一直在物色寻死的地方，结果拖着拖着又回到东京了。活到现在，我一直很担心，不晓得你愿不愿意跟我共赴黄泉？”

“要是你死了，我活着也没什么意义了。”

园子从来不曾这么软弱。她只是个十八岁的小姑娘。她从来没想过死亡这件事，如今却必须立刻面对这个问题。她突然觉得男人很可怜，对他充满同情。

也许是因为他的处境正好跟吾吉一样。十八这个年纪，让她天真地接受这个现实。园子激动万分，恨不得一头栽进去。

“我也不想当什么妓女了。不过，除了妓女之外，我也没别的谋生能力了。如果你想死，我陪你一起。”

男人的眼泪扑簌簌地往下掉。除此之外，他想不到更好的表现方式。因为他非常苦恼。

园子下定决心后，她对这场死亡之旅反而充满希望，认真打点起来。她把男人独自留在家里，自己去了一趟美容院，梳了一个桃割髻[1]。梳桃割髻一直是她未能实现的梦想。

她准备一桌子丰盛的好菜，跟弟弟、妹妹一起共进最后一餐。园子怕发髻松掉，拒绝男人最后求欢的请求，头没沾枕，一直坐到天明。

男人恨恨地对园子说："比起我和我们的爱情，你好像更宝贝那颗桃割髻。"

"因为你不够爱我的发髻，才会说这种话啊。忘掉其他事，只要想着寻死的事就好。"

"你说得没错。你一定是圣女的化身。"

男人既后悔又感动，再次放声大哭。两人在黎明时分，在黑暗之中，迎着寒冷的晨风，并肩躺在寺庙旁边的铁轨上。

"身体断成两截一定很恶心，我才不要那样。"

两个人经过一番讨论，决定把脚朝向堤防的方向，只把脖子放在铁轨上。

---

① 日本古代的女性发型，正面看起来像桃子，顶部收紧，露出双耳的发型。

这时，园子才首度感到害怕。

“好冷哦。抱紧我。”

园子跟男人接吻。然后，她利用男女站立接吻的姿势，神不知鬼不觉地把脸挪开，将脖子往后缩。接着，由上往下把嘴唇印在男人脸上。

这时，早班车开来了。园子移开嘴唇，往后一倒，假装自己枕在铁轨上，不过她没把头放在铁轨上，只把桃割髻留在铁轨上。

“有人在后面的铁轨自杀，麻烦您过去超度一下。”

和尚被镇上的人吵醒，爬到铁轨上。

死者是一名男子。脖子断得一干二净，身体还留在原处，附近完全没有打斗的痕迹。

脑袋滚到十几米远的地方，像是斩首示众的首级，立在枕木上。眼睛瞪得大大的。直瞪着火车离去的方向，好像在目送火车似的。非常平静。

“他还真客气。这具卧轨自杀的尸体，好像在跟辗死自己的火车说‘您辛苦了’。说不定是个血脉纯正的年轻武士呢。”

“是吗？”

和尚盯着首级。

“啊。是那个男人。”

是那个躲在壁橱里的男人。看来预言终于成真了。园子曾经说死者不会只有吾吉一个人，看来她已经用屁股向第二个人复仇了。

“喂。这里有一个女人的发髻。这是桃割髻。看来是从发根连根拔起的。”

有个人在稍远处大叫。

“对了，这里也有女人的木屐。还有女人卧轨吗？”

天色总算亮起，聚集了不少围观的人。这时，发现木屐的男人突然大喊。

“啊，我看到女人的尸体了。被撞到水沟里了。只有鼻子露在外面。那个。我看应该没命了吧？快把她捞起来，不然要沉进水底了。”

和尚急急忙忙跑过来。

他揪住女人的衣领，把她从水里拉出来。是园子。园子睁开眼睛。

“呼，你假装自杀，送他一个人上路吧？”

和尚忍不住大吼。

她的头发全掉光了。除此之外，没有受到其他伤害。不晓得她是在头发掉落的时候滚进水沟里，还是听到人声才偷偷跳进水沟里的。

和尚看见一个景象。园子假装一起赴死，结果只有头发被火车碾过，他看到园子技巧老练的德行。想到她才十八岁就第一次赴战场，未来肯定是个蛇蝎心肠的女人。

和尚突然激动地大叫。

“你这个臭女人。你假装赴死，结果是目送男人死去吧。你根本没打算要死，真是够坏的！”

和尚把园子推倒，从后面翻起她的衣服下摆，脱掉内裤，露出雪白的屁股。

“就是它，就是它，就是这家伙。”

和尚陷入疯狂。他不停拍打园子的屁股。巡警费了好大一番工夫，才把和尚拉开。

和尚的行为并没有引发人们的议论。因为大家认为和尚代替园子死去的父亲，狠狠把她教训了一顿。

然而，这是和尚的战争。和尚完全没有得到救赎。

以结论来说，吾吉的亡灵总算达成心愿，把园子剃成了光头。

头发只要一年就会长出来了。园子完全不觉得困扰。她下定决心，今后再也不会搞什么殉情，她要彻底榨干、折磨那些傻男人。

退步主义者

马吉信奉退步主义。在那个人人轮番号召存在主义或是共产主义的时局，马吉还能创建这个没多少人听过的退步主义，可见他并不是什么简单的人物。

马吉当然是绰号，会有这个绰号，乃是因为他的食量惊人。虽然他的身材五尺四斗[①]，十五贯[②]，算是日本人的标准身材，脸形也不怎么特别，不过他的食量是正常人的三倍，在这个时局也算是一种不幸。时年二十五岁。关于他的职业，则要另外说明。

二十岁时，他以学生兵的身份上战场，负责在日本某个地方挖洞，直到战争结束。他返回浅草老家，那里已经被大火烧尽，孤苦无依的老妈不知何时已经成了关东煮摊的老板娘。

---

① 约一百六十五厘米。

② 约五十六公斤。

“哦，是你啊。平安回来啦？我们这边的人都死光了。”

老妈百无聊赖地抬起头，暂时停下手边的工作，只说了这句话。

马吉很尊敬他的老妈。她并不是继母。不过他觉得老妈有点性感，长得很漂亮，有时会让他心跳加速。

新老爸和老妈感情非常好。好到没把马吉放在眼里。只不过基于乱世里的人之常情，他们把马吉当成免费劳工，尽情使唤他。马吉觉得新老爸很厉害，非常敬佩他，反倒是新老爸和老妈对马吉的存在感到慌张。在那段专门挖洞的军旅生涯中，不晓得是经过什么磨炼，马吉的食欲非常旺盛。摊子上都是要卖的商品，总不能藏起来。夫妻俩必须随时监视马吉。因为马吉总是毫不客气地拿来吃，不知不觉中，关东煮都被他吃光了。

要是让他跑腿买东西，他半路就会把买来的东西吃掉，或是在路上吃五碗拉面，啃十根玉米，不过当事人认为自己已经很节制了。

他表示：“其实我想吃炸猪排，不过那个太贵了。我也忍得很辛苦。”

“你这个饭桶。稍微考虑一下现在的时局吧？大家现在还要靠配给，政府与国民上下一心，共同承担战败的痛苦。你一定会遭到报应的。”

“咦？这种事大家都知道啊，只是在硬撑罢了。你不就是因为大家光靠配给吃不饱，才在这里做生意吗？少讲那些丢人的话了。”

于是，新老爸和老妈聚在一起，开了一场秘密会议。虽然马吉不用领薪水又能帮忙做家务，不过实在是太不划算了。也不能把他杀死，大卸八块再扔进隅田川里。虽然手边有锋利的菜刀，就算他跟马一样壮，也还不至于像马一样生起气来就乱踹人。日本虽然战败了，但监狱还存在，二人实在不知道该怎么处置他。

这时，新老爸有一个新发现，简直如获至宝。新老爸到埼玉的农家买米，正巧那户人家有一个痴傻又斜视的独生女，他们正在找入赘的女婿。不过在这个女人比男人多的节骨眼上，就连乡下的小哥都开始买起西装和套头衫，抽着洋烟，成了跳舞的贵公子了，就连丑男都看不上她。

新老爸和老妈想尽办法说服马吉。如果不答应这件婚事，就要跟他断绝亲子关系。现在已经是民主时代，一旦年满二十岁，就是独立的人格了，根本不用顾虑亲子关系。由于父母说得很有道理，马吉只好同意。今后没有人情的束缚，马吉觉得非常畅快。马吉也是在动荡的战争里成长，早已深刻体认到人性的美好。

就在这个时候，他才深刻顿悟出退步主义，因此，他更应该抱着士兵视死如归的天命，成为别人家的女婿。他们办了一场盛大的婚宴。

他的新娘长相跟猪八戒没什么两样。身材略为肥胖，鸡胸、大屁股，和她的脸蛋非常相衬。不过她有一个惊人的缺陷。由于她是农家捧在手心的宝贝独生女，在战争结束之前，她竟然从没刷过牙。战后，她看了电影的接吻画面，感到非常惊慌，立刻学会刷牙，不过已经太迟了。她满嘴都是蛀牙。刷牙会刺激神经，让她牙疼。虽然很痛，但是基于女人的执着她还是忍耐地刷好牙。然而一听到自己有夫婿，这下可好。她再也不用忍痛刷牙了。

马吉吓了一大跳。每次新娘开口，即使两人隔了一尺[1]，他也感觉快要昏倒了。退步主义毕竟还是有底线的，马吉深刻体到会一件事，人跟猪绝对无法结合。

于是，他装病躲在房间里，发挥自己的才能，写了搞笑剧本。他的才能并不是后天学来的，而是天生的才华。即使又瘦又弱，自己毕竟也曾在浅草的民间乐团混大，轻而易举就能发挥他过往的长才。

马吉抱着剧本，用推车拉着两斗米[2]和一套棉被，拜访浅草的貍剧团。两斗米可不是拜师的费用。而是他自己要吃的。

“算了吧。为什么要抛弃农家女婿的身份呢？你是不是脑筋有问题啊？”

经理兼文艺部长的品川一平对他破口大骂。

“你不懂。我是退步主义者。文明这种东西啊，终究要退步哦。也就是说，大家都会沦为美国人的娼妓。大家都会变成混血儿，你说对吧？你不知道吗？大家都会成

---

① 约三十厘米。

② 约三十公斤。

为混血儿耶。虽然这么说有点失礼，不管是日本人还是马来西亚的土著，一定会越来越像欧洲人。欧洲向日本与马来西亚靠拢，这就是文明哦。反正我们本来就不可能往上爬了。只能由高处摔到低处。我早有觉悟，才会当农家女婿，本以为这是一种堕落，没想到我错了。我必须往下发展才行。我抱着退步主义的决心，打算把我自己献给貍剧团。拜托了。”

“别说笑了。”

“我不是在开玩笑。我什么都肯做。不管是演员、道具还是伴奏，我什么都做。反正只要学一下就能上场了。再不然的话，当你的助理也没关系。只要能让我吃饭、睡觉就行了。不然我也可以当这里的警卫。我带了棉被，睡在舞台正中央也没关系。”

“哦。”

品川一平应了一声，移开目光，他早已看出马吉是个有才华的人。如果不是相当程度的笨蛋的话，怎么会讲这种交易。不过笨蛋不常见。一平的老婆跑了，一堆杂事等着他处理，所以他打算把这男人当成佣人使唤。然而，任凭他的眼光再好，毕竟看不透马吉的食量。

如果凡事都能遵照退步主义就好了，不过马吉还是喜欢享受。

他曾经上台演戏，红了一段时间。那场戏叫作新人歌唱比赛。马吉是个五音不全的音痴。唱起歌来荒腔走板，唱到高音时非常尖锐，低音又像是低鸣，高低音夹杂时，根本难以入耳。

“唷！小马上场了。就是等你这一幕！”

曾经有观众说过这句话，让马吉兴奋不已。不过走红只是短暂的美梦，这就是新人的悲哀，他的走红并没有维持多久。

品川一平发现自己看走眼了。

“你没有做演员的才能，只配在道具底下工作。不过，我们养不起你这么能吃的人，从今天起，要请你另谋高就了。”

“这怎么行？”

“为什么不行？明明不能领配给，还要吃一升米饭，我们可养不起。你去上野的地下道吧，总会有办法的，退步吧。”

“不行啦。没有人会把米扔在地下道吧？”

“你想吃多少就靠自己去赚。我才管不了那么多。”

于是，他就被扫地出门了。品川一平说得有道理。每次听到别人说得有道理时，马吉就会感到由衷佩服，心想，原来如此，他说得一点都没错。不过，现在可不是佩服的时候，他到处拜托剧团的人：“喂，让我住一晚吧。”

“才不要。让你住是无所谓，不过你一定会赖着不走。你的脸皮那么厚，一定会偷吃米吧？所以绝对不行。”

“我肚子会饿，没办法才会偷吃啊，一个晚上真的不行吗？”

“就算只有一个晚上也不行，你的胃是无底洞。你找别人吧。”

他不敢求女演员。入团没多久，他就追过剧团每一位女演员，全都被干脆地拒绝了，所以肯定没希望。

推车早就被他卖掉拿去喝酒了，既然已经走投无路，他只好把棉被也卖了拿去喝酒，反正以后要睡在荒山野岭了，当天晚上，他喝个烂醉，睡在路边。这家公司看似充满温情，其实很冷漠。也许这是马吉的个性造成的结果。他是个尽管接受别人请客也从不回请的人，之前住在品川一平的公寓当食客的时候，那两斗米也是他自己一个人吃掉的，卖掉推车的时候，也是自己一个人去喝酒，从来没请过别人。这是马吉的天性，不过这家公司的人个性都差不多，即使马吉以为今天有机可乘而跟大伙一起去喝酒，他们也只顾着自己吃喝，从来不会请马吉吃东西。因为大家都是了不起的武士，所以才会团结一致吧，马吉为此深感佩服。

马吉并不怕住在地下道。这阵子，不管是地下道还是寺院的走廊下，都不愁没地方过夜，不过这些地方没办法填饱肚子。

第二天，在马路上醒来后，他到剧场喝水，然后他不找男演员，而是逐一拜会每位女演员，跟她们讨一点便当的菜。他太小看女人了。

“你在说什么呀？笨蛋。”

里面的大姐大盘腿坐好，把他狠狠训了一顿。只有两个小演员心不甘情不愿地分他一点面包。

他以前就习惯躲在主要女演员的房间里，趁隙偷袭。因为男演员比较小气，总是用烟斗抽烟，抽到连烟屁股都不剩。女人就不会用烟斗。他总是等女人抽完后，捡她们的烟屁股。用捡的还好，他还会趁她们还没丢掉之前抢走。以前她们还会说“给你一根吧”，现在已经没人对他这么好了。一看到马吉，弟子身份的女演员马上说：“马吉来了。大家快把香烟、便当还有钱包藏好。”

“少在那边逞威风。我也不想做这种事。可是啊，因为是这个时局，我才会找你们下手。这可不是吗？女人可以当小妾、当妓女来赚外快，男人可不行。这是女人的天下，我可是很尊敬你们。你们应该感谢我才对。”

“你在说什么傻话啊。你这么没骨气，是男人中的垃圾。白痴。”

因此，他根本无从得手。大家都是高高在上的人物。如果他迅速摆出退步的态度，倒也不难在这个社会上活下去，只不过曾经有观众说等着看他表演，他就以为自己是名演员，借钱纵情玩乐，搞到自己没钱吃饭，他已经没救了。

马吉向空腹感投降。小偷、杀人都是退步的一步棋，他也不怕这些事，不过他还是想要安稳度日，所以不肯出手。

他只能在道具组工作，不能上台了，他拜托一个名叫阿三、个性畏畏缩缩的小演员帮他把脸涂白，躲在暗处等待闭幕。

白天第一次闭幕的时候。当奏乐响起，一行人走上舞台。他迅速跳起舞来，站在一行人的最前方，带头跳起草裙舞、布吉伍吉舞[①]、后空翻，半蹲着跳他倾力想出来的舞蹈，而当大家都下台之后，他依然留在舞台上热舞。当布幕落下，他掀开布幕，唱起荒腔走板的歌谣。逗得大家呵呵大笑。

马吉双手合十放在胸前，向大家点头致意。

“嗨，大家好，我是大家熟悉的特别演员，歌唱大赛的马吉。本剧团感谢各位的爱护与支持，正因为你们的支持我们才能继续经营，团长与主要演员都受到各位的援

① Boogie-Woogie，一种快舞。

助，尽管当前物资不足，他们也在小菅[①]过着有如大臣般的幸福生活。然而，像歌唱大赛的马吉这样有才华的男性、特别的演员，却没能受到世人的眷顾。唉，真是太可惜、太悲惨了。我的热血还在燃烧。我好难过。静候各位窈窕淑女的支援。呀……”

不知道是谁丢了个苹果，正中他的下腹部。马吉惨叫一声，像猴子似的抱膝、蜷着身子，不敢动弹。这可不是演戏。几名团员揪着他的衣领，把他拖到后台，他依然保持猴子般的姿势，根本不敢动弹。

“喂，你这家伙。竟然做出那种事。我们剧团的脸都被你丢光了。你这个色情狂。”

年轻团员狠狠地朝马吉猛呼巴掌。品川一平则在旁边开怀大笑。不红的演员都能明白这个道理。马吉由衷感谢他。

“大哥，你太厉害了。”

马吉难掩羞怯，大摇大摆地跟一平握手，却被他推开。

---

① 东京的地名。

“走开。你别开玩笑了。”

“什么嘛。好过分。明明笑得那么开心，我可是公然向你表示感谢之意，竟然把我推开，太过分了。我也不想做那种事啊。不做这种事的话，我只能去当小偷、去杀人了。要是男人也能当妓女就好了。”

“白痴。你刚才不是在舞台上当妓女吗？”

“你怎么说这种话。难道要我在大马路上做那种事吗？”

“你被炒鱿鱼了。滚出去。”

“别急嘛。剧团没关系吗？虽然被炒了，可是我不能走吧？不会影响到剧团的业务吗？”

虽然这是个前途难料的时代，不过希望并未在马吉身上驻足。他在观众席的走廊闲晃，什么事都没发生。看来退步主义也是一门艰困的事业。

他只剩下当小偷这条路了，他打开售票亭的门，走进去说：“嗨，你今天也很认真嘛。”

平常只有一个售票员，今天多了个助手，还有一个负责打扫的阿婆，睁大了眼瞪着马吉。

“不行哦。我们接到指示了。嘿嘿嘿。”

“欸嘿嘿。”

马吉也露出苦笑。他打算回到后台，守在楼梯入口的后门守卫说：“你不能进去。我已经接到指示，不能让你进去。”

“别开玩笑了。我的东西还在里面。”

“嘿嘿嘿。全剧团的人都知道你穷得只剩那身衣服。”

马吉慢慢踱到舞台后方，在道具后面躺下来。如果不去偷点东西的话，他就要饿死了。他已经顾不得地上有没有玻璃了。先睡一觉再说，他呼呼大睡。他非常冷静，随时都能盗窃和杀人。

马吉觉得有人踢了自己的侧腹，醒了过来。踢他的人是道具组的熊先生，他是剧团的大力士，马吉打不过他。

“喂，别这样。有话好好讲，干吗踢我呢？我现在就起来。”

“你很挡路，快滚开。”

马吉心不甘情不愿地站起来，熊先生面露杀气，几乎要把他丢出去，此举勾起马吉的贪念。

“喂。熊先生。看在我们朋友一场的份儿上，可以给我一些送别的礼物吗？”

“你少来。还不滚的话，后果我可不负责。”

马吉只好打消念头，走了出去。这下没办法了。剧团他比较熟，如果要偷的话，这里比较好下手，不过他受到严密监视，难以如愿。后门守卫站在出口瞪着他，似乎要他早点离开。

“喂。我们朋友一场，好歹给我点钱，当作送别礼物嘛。我一定会记住你的恩情。”

虽然他知道没用，但还是把心里的话说出来了。后门守卫没有回答，只是打开后门，揪住他的衣领，把他扔了出去。他脚步还没站稳，门已经关上了。这下已经无计可施了。

想到什么朋友一场，他没来由地感到羞耻。什么人情道义都是假的。每个人都是态度一致的高傲武士。人生就是这样一回事，他为自己的无力露出苦笑。

接下来换我成为武士了。武士是什么？椎名町帝银[1]的犯人应该是位了不起的武士吧。他捡起路上的烟蒂，在打火机专卖店拿了打火机，把烟点着。不好意思，请原谅我。打火机专卖店的贩卖员是个可爱的女孩。她吓了一跳，睁大双眼。马吉想调戏她，于是把打火机放进口袋里。她差点叫出来。

“嘿嘿嘿。骗你的。”

马吉放下打火机，露出狞笑，抛了个媚眼。突然被人揍了一拳。

“喂，别这样。我开玩笑的。”

“你要是再敢做傻事，小心吃不完兜着走。”

对方有两个人，好像是打火机专卖店隔壁的店员。说不定是想在打火机专卖店的女孩面前逞威风。

“嘿嘿嘿。”

马吉奉行不抵抗主义。跟退步主义一样，只要完全不做进取那类的好事，每个人都能达到这个境界，可说是文

① 帝银事件，1948年1月26日，东京帝都银行的一起抢劫案，这起事件造成十二人死亡。

明的极致。

他想到一个好主意——去品川一平的公寓。他打算跟管理员借钥匙，毕竟他们昨天还住在一起，指令应该还没传到那里，不会被怀疑。于是他成功了。

“欸嘿嘿，那家伙真是太天真了。大家都气得横眉竖目，只有他还呵呵大笑。”

马吉找出米，先煮了一锅饭。一平家的饭都是马吉煮的，所以他很顺手。马吉不在的时候，一平多半在外面吃饭，他是个酒鬼，应该不会太早回来。马吉慢条斯理地吃饭，再吃一两碗就要饱了，这时……

时机很不巧。一平回来了。他不是演员，不需要随时待在剧场。马吉有点惊讶，慌忙用双手抱住饭笼。因为里面还有一点饭。

“等一下。你等等。对不起。可以等我一下吗？要发脾气也不差这五分钟吧？”

他连忙把饭填进碗里。然后把筷子插在饭上，一只手捧着装酱菜的盘子，躲到房间的角落。

“等五分钟再发脾气，还不是一样嘛。你忍耐一下嘛。食欲这种东西，我也拿它没办法啊。如果在战场上，不是连战友的尸体都能吃吗？我也不想干这种事啊，真的没办法了嘛。你也站在我的立场上，为我想一下嘛。”

马吉偷偷瞄一平，拼命扒饭。

“别这样啦。你一直瞪着我，会害我噎到。你要是被别人这样瞪，也会觉得不舒服吧。别这样啦，我吞不下去了。再等我五分钟吧，我还要喝点水。虽然这酱菜是我腌的，但是怎么有点难吃呢。说不定是被你瞪，才让我产生了错觉。”

马吉总算吃饱喝足，把茶壶的水倒进碗里，咕噜咕噜喝下肚。

一平懒得理他，怒气也消了不少，不过他演戏演习惯了，知道怎么演出生气的模样，丝毫没有松懈。

“喂，你这家伙，少开玩笑了。”

他整理衣服，坐下来，以锐利的目光瞪着马吉。

“你就大人不计小人过嘛。我只是煮饭来吃，没有偷东西哦。本来打算吃饱之后稍微物色一下，不过我还没偷嘛，放过我吧。要是小偷趁自己不在的时候闯进家里，又不知道对方的底细，每个人都会不知所措，觉得不舒服嘛。你体谅我一下嘛，别逼我动粗嘛。”

“你闹够了没？”

一平勇猛地靠近他。这也是一种演技。马吉被打一巴掌之后，突然想到一件事。

“啊，对了。我还没领到遣散费。被革职的话，每个人都能领遣散费吧？这是规定嘛。欸嘿嘿。拿来。别想骗我。”

“别说傻话了。正式员工才能领遣散费。才不会给你这种临时聘请的实习生遣散费。话说回来，你之前还预支了一千元吧？这件事就算了，好好感谢我吧。”

他又打了马吉一巴掌。一平终于动怒了。马吉苍白的脸上露出兴奋的微笑，不过他的笑容越来越狰狞。

“切，你少骗人了。我可是认真的，之前都没想到这件事。你一定要给我遣散费。”

他又被打了一巴掌。一平很用力，把马吉打到脸都扭到一边。他目光游移，同时泛着兴奋的光芒。他沿着墙壁转了几圈后脱身。

“该给的一定要给哦。太过分了，你怎么可以骗我。从战争到现在，我好像老是上当受骗。所以，人类一定要退步。欸嘿嘿。”

他又吃了一巴掌。这时，他们正好来到放菜刀的地方。马吉面色一沉，狰狞地微笑。他稍微弯下身，再站起来。菜刀已经刺进一平的腹部。

一平往后仰，马吉冷静地叫声“嘿咻”。双手用力把菜刀推得更深。

当人们听到动静，赶过来的时候，马吉已经把菜刀插进一平的脖子。这时，在他的脸上，已经看不见狰狞的表情。他的模样像在把玩玩具。

看到赶来的人们，他狰狞一笑。

“人类必须退步。”

他像是在演讲一般，用洪亮的声音大叫，随后整个身子往后倒。原以为他自杀了，结果并非如此，他吃饱喝足，像只老猫，呼呼大睡。

虽然马吉被诊断为精神分裂症，不过他本人自称退步主义者，经常撰写学说，随后撕破。

玩具箱

一般来说，提到技艺这件事，必须得先有靠技艺维生的人，才有技艺的存在。例如围棋或将棋棋士，必须在十四五岁取得初段资格，他们需要特殊的天分；虽然这些人拥有走这条路的天赋，但是如果让他们从事其他活动，他们的能力可能还不如一般学校的小孩，有些人甚至跟白痴没什么两样。然而，这些特殊的畸形儿，顶多只能爬到四五段，那些能在各项技艺都出类拔萃的人，即使走上不同的道路，也不会因此庸碌一生，因为他们的见识超乎常人。

在文学这方面，偶尔也会出现这样的作家。一般人对作家的偏见已经近乎迷信，认为文学与技艺没什么两样，艺者、艺术家都是一些疯狂的人，拿作家的工作性质来说，他们的生活不正常、不规律，不过正常人并不会因为工作性质不规律，晚上工作白天睡觉而疯狂。

追根究底，技艺、艺术都不是抱着家常便饭的平常心就做得来的事，前阵子，我去参观将棋名人战的最终战，当时冢田八段[①]足足想了十四分钟才下第一步棋。于是我询问一同观战的土居八段[②]，难道不能在前一天晚上先想好怎么下第一手吗？他回答即使前天晚上已经想好，面对盘面时，想法又会改变，虽然封手[③]的下法有限，也不难想象，如果对方下这手，我应该怎么下，下那手又要怎么办？虽然已经想好下法，但一旦面对盘面，又会产生不同的想法，结果下了不同的棋步。

我们的工作也是如此。明明已经想好我要写怎么样的剧情，要让那个人物采取哪些行动，一旦面对稿纸，想法又不同了。

想法为什么会改变呢？因为前天晚上想好的内容，其实是我们本着平常心考察的内容，面对稿纸后，我们不再保持平常心，因此再也不能忍受那些情节。全部重来，这是我们追求的境界，所谓的创作活动就是这么一回事，如

---

① 冢田正夫（1914—1977），将棋棋士，名誉十段。

② 土居市太郎（1887—1973），将棋棋士，名誉名人。

③ 棋类比赛的规则，当比赛超过一天时，时间结束后，另一方应将已经想好的棋步写在纸上，第二天公开后再继续棋局。

果能按照计划进行，就无法称为创作活动，而是制造手工艺品了，即使能制作出精巧的手工艺品，也无法从事艺术创造。艺术创造总是始于不按常理出牌的行动。当然预定计划还是要看作家本来的个性、现有的力量而定，然而，艺术是不断的自我创造与发现，如果不能脱离常轨，创造、发掘那些出乎预期的事物，终究无法满足自己。

因此，作家不像事务人员，怎么也无法从事规律性的事务工作。再加上工作性质的关系，生活很不规律，这个部分是工作性质造成的，并不是作家原本的个性。据说猪原本是很爱干净的动物。日本人却用很脏的方式养猪，把脏东西一股脑儿地扔进猪圈里，自以为猪圈跟粪坑没两样，事实并非如此，猪本来个性洁癖，如果猪圈保持干净，猪平常也会小心注意，避免弄脏环境，也就是说，文人就像日本的猪。因为工作的关系，只好过着不规律的散漫生活，原本是一板一眼的人，但是，反正，最后就变成这样了。

文学出自人的手，因此，通透人性是作家的必备条件。尽管一些围棋、将棋界的专家，除了下棋的天分之外，其他部分几乎跟白痴没什么两样，不过这个世界上可没有通透人性的白痴。就算真的有，也是极少数。也许还不到白痴的程度，总之，除了作家的工作之外，我们做什么都是半调子，没有其他的谋生能力。大众经常误以为我也是这样的人，这是大家的误解，一般来说，在文学界，我们很难找到同行默认为个性不切实际的小说家与诗人，虽然有些诗人老是写一些非现实的诡异诗歌或是吟咏一些厌世的诗词，但本人多半比事务人员更现实。文学本身就具备人性、出于人性，因此我们在近代文学的文人身上，看不到什么文人墨士，他们其实比凡夫俗子更接近世俗，更加现实。

三枝庄吉是近代日本文学的异色作家，这也是他小说的宣传广告词，然而，据我所知，他是日本唯一一位一无是处，只会写小说的作家。

他的小说就像一首诗，内心深处的诗魂驱使他从事创作活动，他过着苦心创作、贫穷、流浪的生活，是个没有其他赚钱能力的废物，但他却是个通透人性的人。他对人的洞察力既深入又精准，因此，尽管他宛如活在梦中，不切实际，却比世间俗人更重视物质，更加现实。他浪费成性，本性却很吝啬，比起那些勤俭刻苦的凡夫俗子，他拥有更多惜钱爱物的执着心，明明是个执着的守财奴，却又浪费成性。近代文人之所以这么重视物质，个性现实，全都是因为他们通透人性，通透人性代表他们十分了解自己，理解人类的执着与妄执，也就是说他们具备“主观意识”。人类就是这么复杂、执着又眷恋的生物，近代文人更全都是复杂、执着又眷恋的生物，同时，他们也浪费成性，像个梦游行走的人，过着如梦似幻的人生。

基本上，像我们这么穷的文人，如果偶尔能领到一笔钱，我们肯定不会急着把钱花掉。三个文人聚在一起就会去喝酒，如果每个人身上都有钱，结账的时候，肯定是最穷的那个沉不住气，先去付钱。我老是这样，本来非常阔气地说今天都算我的，最后却沦落到赊账的地步，看一下口袋，才发现钱根本不够。我只能坐立不安、沮丧地翻找自己的口袋，看看还有没有多的钱，这时，身上有钱的文人就会默不作声，慢慢从口袋里掏出饱满的钱包。三枝庄吉也是这样，他就是第一个狼狈掏出钱包的那种人，不过他们那伙人都已经穷到骨子里了，深知钱财的可贵之处。尽管如此，那伙人钱包里的钱，却像是长了脚似的，全都争先恐后地抢着离开，印证了人算不如天算的道理。等到第二天早上才后悔莫及，老婆说米已经吃光了，白萝卜就连尾巴都不剩，今天该吃什么才好？他目光炯炯地瞪着老婆，仿佛把老婆当成可憎的恶魔，转身用棉被把头蒙上，或是双手盘胸，左顾右盼。

庄吉一直在搬家。长则半年，短则三个月，直到他连酒行和米店的支出还有房租都付不出来的时候，他最怕看到印半缠[①]，他欠下的债务不多，却要为了这些小钱在东京四处流浪，那些来讨债的大叔或小伙子，身上都穿着印半缠。而且他们通常都骑脚踏车。他最怕看到那些仿佛乘着风、踩着脚踏车来追他的印半缠，所以他总是搭车前往目的地，在司机的怒视之下，扭扭捏捏地，羞愧得直发抖。到了目的地，再请那边的人帮忙付车费，他人生的一切，净是这般落魄。而且还花很多钱。如果有钱的话，他就不需要叫车了。

他的老婆也希望他过贫穷的日子。她之所以一直在跟贫穷打交道，绝非打从心底喜欢贫穷，只是事情自然而然就演变至此。这全是为了庄吉的小说。

---

① 商店老板及员工身上穿的印着店名的外褂。

他小说里的主角，全都是写他本人。他总是写自己的生活。不过内容并不是他现实中的生活，他的小说写的是他的愿望、他理想的生活。然而，他不可能总是写一些想要家财万贯那类连做梦都无法实现的幻想，对于自己的人生，每个作家都是最准确的预言者。我以后再也不会这么穷，这是连他本人都无法苟同的幻想，艺术不容许幻想。在他的作品当中，他总是一贫如洗，四处搬家，连夜逃走，暂时寄人篱下，偷偷潜进鬼泪村[①]或是风祭村[②]里酿酒厂的酒窖，趁着昏暗的夜色饮酒作乐，跟讨债的人同欢，跟残酷无道的业因[③]大叔大战，用计谋把对方吓一跳，而他的老婆总是开开心心地站在最前线，责备无能又无用的老公，同时又吹着口哨，在林间来回穿梭，就着小河梳洗、泡脚，完全没有俗念。

因为其中包括一部分的真实个性，因此，庄吉总是这么写，写着写着，老婆自然就变成那样了，因为老婆自

① 牧野信一的代表作之一《鬼泪村》，发表于1934年。

② 出自牧野信一的《淡雪》，发表于1936年。

③ 佛教用语，善恶果报之因。

然而然地变成那样，于是庄吉写得更卖力了。创作没有极限，现实中的人却有极限，写到那条不能超越的界线时，自然会发生悲剧。

庄吉的作品不像酒宴里的一升酒瓶，反而比较像四斗桶[①]，被人尊为文坛第一大醉鬼，不过，他的酒量却是奇差无比。

他本来就是个体质羸弱的人，酒量自然称不上豪迈，再加上他连喝酒都要顾虑三分，如果对方先喝醉，他会感到无比的压力，怎么也喝不醉，黄汤甫下肚就被他吐出来。遇到他不擅长应付的人，更是喝不醉，喝完马上吐出来，通常喝五次酒，有四次不会醉，都是吐掉的，更不幸的是，他生性胆小，只有喝醉的时候才敢跟别人说话，虽然内心一直饥渴地期待有人造访，但是如果不借助酒力，他就不能敞开心扉说话，结果罹患抑郁症。因此，只要客人一上门，他马上就叫老婆去酒行买酒，早上来的客人要喝酒，深夜来的也要喝酒，每家酒行都欠了一屁股债，只

① 七十二升酒桶。

好跑到大老远，像在敲医生家大门似的猛敲酒行的大门。因此，等到附近酒行都不再理会他们，他们就会连夜逃到新天地，因为酒行就是他维系生命的命脉。

他出身望族。即使处于贫穷之中，他的灵魂也依然高贵。

他同时兼具近代作家紧趴在地面的鬼目——魔鬼般的冷酷眼光以及日本传统的文人气息，尽管他心里明白小说只不过是一种商品，他也仍然认为小说是一门超越俗世的艺术，高雅不凡，是特定人士才能享有的特权。他仍然保持矜持，专心一致地为了小说而活，正是他的这份荣耀使他即使身处贫穷之中，灵魂也依旧高贵。他的作品却也因此成了文人的玩具，在小说的根基里，他的化身与他本人渐行渐远。

也就是说，他过着贫穷却始终自认为高贵的生活，于是他强迫自己，用不当的方式扼杀自己的鬼目，盲目地沦为文人的兴趣，他的玩具成了特定人士的玩具、他一个人的玩具，带着低俗工艺品的色彩，艺术原本该有的人性化生命逐渐死去。到了四十岁，他越来越穷，于是他的作品也沦为“空壳”，独留高贵，为了保留空壳，他受到种种束缚，陷入危机之中。

因为他扼杀鬼目，所以他的小说不再浑然天成。虽然他的作品本来就是虚构的幻想，但也该保有经由鬼目幻想出来的情景，对他来说那才是艺术原本的形态，他竟扼杀鬼目，一味地偏执于文人兴趣的幻想。因此，他的作品只不过是自我安慰，再也不是能拯救真实自我的高尚作品。

他曾经有一只橘子箱，里面装了他最宝贵的财产，他拿这箱子换取住宿的费用。橘子箱里，塞满了他这一生之中的作品。他并不是当红作家，只出过两本书，他把登在报纸、杂志上的作品剪下来，塞在橘子箱里，这是他珍贵的足迹。“没有这只箱子，我将失去存在的意义。”于是他惴惴不安，陷入抑郁的状态，他的后进栗栖按吉看到他这副德行，深感同情，尽管他只是出道没多久、赚不了几个钱的文人，还是帮他付清欠款，把橘子箱赎回来了。庄吉欣喜若狂，自从那天起，他就把橘子箱放在枕边，深夜醒来就翻找橘子箱，热心阅读他的旧作；早上醒来则放声朗读；喝醉酒的时候，他会把老婆叫到跟前，用好笑的姿势朗读。最支持他的读者就是作者本人，其次是他的老婆，老婆从很久以前就很喜欢他的作品，还在念书的时候就是他的粉丝，她曾经来拜访庄吉老师，后来他们恋爱、结婚，所以老婆已经是资深的老读者。从那时开始，老婆就是他再也无法割舍的作中人物，在他的作品中，老婆总是深爱着自己，最后却不能如愿，结果现实中的自己跟作品越来越接近了。艺术模仿自然，自然模仿艺术。话虽如此，他的作品还是具备能让她信服的现实性，尽管全都是幻想，作品还是需要现实作为基础，扎根于现实之中，再虚构出从根部延展的枝丫与花朵。

然而，老婆逐渐无法认同老公的近作了。也就是说，作家的根源已经远离现实。

他很爱他的老婆，却又花心成性。事情起因于一个曾在就学时期来拜访他的女粉丝，如今她已经是酒吧的女服务生。当时有一份企划，请几十位文人撰写新的东京风景，庄吉被分配到日本桥，于是他在偶然的机缘下前往酒吧，与她重逢。后来，他每次喝醉酒，都会去店里追求她。只是她已经不再是往昔的她了，她愿意陪有钱的绅士共度三天或一星期，庄吉根本连酒吧里的酒钱都付不出来，只能跟徒弟去路边摊喝酒，一看到徒弟身上有钱，立刻要求徒弟去酒吧并吆喝大家一起去。之所以不带平辈或前辈，乃是因为没办法在女人面前逞威风，于是他强拉着后进，威风八面，得意扬扬。明明没钱还那么嚣张，他就是妓女最瞧不起的那种人。虽然庄吉抓着对方在学生时期曾是自己的粉丝这点不放，但其实她早就忘记了过去的交情，庄吉的纠缠不休让她越来越不高兴。尽管如此，庄吉每次喝醉还是会登门造访，不断追求她，直到醉倒为止，酒吧把他扫地出门，拿出借据让他还钱，连大厨都出面了。但是，每次喝醉酒，庄吉还是一再上门，没完没了。他自然是连一点机会都没有。

如果只是这样，那倒还好。一名同乡徒弟住在他家附近，徒弟有位颇具姿色的妹妹，她在平常跟他有来往的杂志社当事务人员。自此以来，他每次喝醉酒都会闯进这位徒弟家喝酒、过夜，人家的母亲还在一旁睡觉，庄吉直接钻进妹妹的被窝里。被赶出来、不屈不挠直到累了为止，他总是不断重复这段过程。这段感情也没有结果。

再来是拜访某位新晋女作家。因为他曾经撰文夸奖女作家的作品，虽然对方是当红作家的爱妾，但是每次喝醉酒他还是会上门。每次喝醉酒就要找女人，这是他无可救药却又命中注定的梦游行走。

如果是出门远征的梦游行走，那也就算了，他老婆的妹妹是个还在念书的女学生，才四年级，不过她的身材高壮，正在发育，是老婆完全比不上的性感美少女。有天晚上，女学生留在家中过夜，时值夏季，家里只有一顶蚊帐，于是全家人都挤在蚊帐里。这天晚上，庄吉犯的错就是喝个烂醉，又梦游行走到小孩的床上，越过老婆这道防线，朝女学生进攻。老婆掴住他的衣领，把他架开，他还是不屈不挠，有如有志者事竟成的“柳池蛙飞”[①]，结果花了三个多小时，还是没有成功，直到天色泛白时，他总算累得不省人事，然而，这些都还算是小事。

每个男人都花心，别拿喝醉酒当借口，应该冷眼观察自己的花心癖，用这种目光成为作品的基础，尽管他具备这样的目光，却用庸俗的目光写作。少了这种目光当依据，拿自己和老婆来编造梦幻故事，因此，他的梦幻故事没有真实的生命，也没有血肉。老婆越来越不认同老公的作品。

世间男人皆花心，即便老公花心，会在酒后乱性骚

① 平安时代书法家小野道风的故事，叙述道风曾见一只青蛙欲跳上摇曳的柳树，青蛙历经无数次失败，终于跳上柳树。

扰其他女子，但他确实拥有高贵的灵魂，是个品位脱俗的人。虽然他刻意忽视自己的本性，创造出虚伪的梦幻故事，并且将现实人生视为俗物、意图在作品中创造出拥有真实的自我人格。然而，少了自己的本性当作依据，又怎能创造出有血有肉的人格呢？他是一个品格可敬的人，即使偷袭睡梦中的妹妹，老婆依然认为老公的品性不容质疑，不过，他作品中的主角缺乏现实基础作为依据，他让主角随心所欲地打翻玩具箱，让玩具般的人格横行霸道，反而引起老婆的猜忌。当她不再热爱老公的作品后，她开始怀疑、瞧不起作品中的人物，甚至瞧不起现实中的老公，她的看法有了转变，连老公那不容置疑的品性，在她的眼里也全都成了骗局、仿冒品。

庄吉已经四十岁了。他深信、深爱着他的老婆。可怜的庄吉早已习惯让作品违背现实的根基，封印并紧紧闭上他冷峻的鬼目，而与此恰恰相反的是，他越发地将他现实的表面往他创造的梦幻作品推进，于是，他再也分不清梦境与现实。

他向杂志社收取稿费。债主等着催讨，还要付清孩子的学费跟餐费，老婆眼巴巴地盼着他回家。他很想还清欠债，付清孩子的学费，他对这些事情的关心程度，绝对不亚于他的老婆。不过他还是约了朋友见面，他也想把怀里的稿费平安递到老婆手上，不过前面也说过，这笔钱就像长了脚似的，忙着逃走，太悲惨了。去喝一杯吧，喝醉了，又喝了第二杯、第三杯、第十杯。来，痛快大喝一场吧，把那个谁也叫来，还有那个某某某，他给每个人打电话，把所有后进全都找来，他得意扬扬，高声呼喊他作品中一个叫作巴尔金的角色的口头禅[①]，并且买了田径比赛用的标枪，假装自己是雅典市民、雅典选手，走上回家的路。怀里连一分钱都不剩了。老婆转头冲进另一个房间大哭，哭着切明天早上煮汤要用的洋葱，然后又哭了起来。即使老公喊“老婆啊”她也不肯应声。

老婆的悲伤，他每次都看在眼里。他甚至比老婆更伤心，他觉得贫苦的日子很惨，借钱很可悲，他也想付清孩子的学费。不过就像他作品的根基已经与现实生活完全绝缘，同样地，他也必须与现实生活绝缘，才能找到自己

---

① 出自牧野信一的《酒盗人》，发表于1936年。

的容身之地。他把债主当成梦幻骑士堂·吉诃德[①]里的水车妖怪，跟他们战斗，把老婆的妹妹比喻成堂娜杜尔西内娅·托波索公主[②]。什么孤高的文学、吟游诗人的异色文学，他压根不相信自己作品的广告文案，不过，他却成功地说服自己，发自内心认为自己就是这样的人。

他在根基与现实完全抵触的作品世界中徜徉，完全没发现其中的虚假，成功地拉近现实表面与作品世界之间的距离，于是他越来越喜欢阅读自己的作品，陶醉在自己的作品之中，完全忘记自己本人过得多么卑微粗鄙。他只能沉浸在自己的作品中，再也无法忍受那让人喘不过气的真实生活。

如今，同行跟评论家还是用那几句老话，“孤高的文学”“异色的文学”，随便写五六行文艺评论来评论他的作品。为了赚钱，他不再认真写作，有时甚至胡乱交差了事，然而，他再也骗不过他的老婆。老婆不需要靠头脑就

① 出自音乐剧《梦幻骑士》（Man Of La Mancha），根据小说《堂吉诃德》改编，1965年于百老汇首演至今。

② 堂娜杜尔西内娅·托波索公主（Dulcinea）是男主角堂·吉诃德（Don Quijote）虚构的理想情人。

能明白，她已经彻底了解、认清他的作品已经与现实的根源脱节了。

到了这个地步，老婆再也无法忍受了。

他们搬到一栋名为疑雨庄的雅致公寓。这栋公寓的房东是有钱人家的爱妾，她跟老爷讨了这栋公寓，美其名曰赚点零用钱用，其实她利用这栋公寓偷情。她家老爷每晚小酌都能喝上一升酒，是个酒中豪杰，却已经不能人道，艺妓出身的夫人没办法乖乖待在封闭的环境里，她是个性欲旺盛的女人，经常在公寓里物色陪她玩乐的对象。

当老爷来访，开始晚酌的时候，她就会在一旁出主意，今天把那个某某某找来吧，顺便叫上庄吉。夫人是年约二十七八岁的美女，以前曾经是艺妓，她从不需要为生活操劳，丰腴的身材相当性感。她每次都唤庄吉为三枝老师，把他侍候得妥妥帖帖，庄吉被她捧上了天，从此之后，喝醉酒的梦游地点就成了夫人家。每次喝醉，庄吉总是大声嚷嚷，明明平常只能发出有如蚊子般孱弱的声音，真不晓得他那纤细瘦弱的身体是怎么发出那样的破锣嗓音的。疯狂地手舞足蹈，帮夫人打拍子，粗声粗气地对夫人美言一番，不停赞颂夫人的美好。在窄小的公寓里，他的声音能听得一清二楚，夫人说：“哎呀，老师，尊夫人会听见哦。”

她故意用当事人也听得见的音量说着，同时对庄吉送了一记秋波。

于是庄吉更是乐不可支地说：“我最讨厌我老婆了。一整年都在剥笋壳，哭着切碎洋葱，从早到晚都在剥，又不是一天要吃几百根笋子，她不晓得用了什么妖术，一根笋子可以剥五个小时。我看她这辈子什么都没学会，只学了这个妖术。”

听了这番话，老婆怎么也不肯原谅他。日本的老婆通常要打杂兼差，靠兼差维生，但并不是本人喜欢兼差，才会拼命工作，都是因为老公无能，没办法应付老婆和朋友的开销，所以老婆只能含泪剥笋壳。究竟是怎么一回事啊。不检讨自己的无力与无能，让老婆操劳家事，还敢说她用妖术剥笋壳。就是因为老公无能，才让老婆不得不施展节俭度日的妖术，自己却暗地里欣赏那些不需要节俭度日的妓女，全都是些无耻的怪人。这也难怪全天下的老婆都把妓女、艺者跟小妾当成公敌。如果没看到、没听到，也许还能忍耐，在眼睛看得见、耳朵听得到的地方，怒火更是无处宣泄。正当老婆抚胸打算让自己冷静下来的时候，又听见老公跟夫人一起去看戏，喝醉了才吵吵闹闹地回来的声音，都还没回家露脸，便又到夫人房里傻笑喝酒。快到截稿期的时候，只要锅子发出一丁点声响，他马上就怒目瞪视老婆。若是夫人说：“老师，过来一下。”尽管感到困扰，他还是满脸堆笑、立刻出门，不到半夜喝个烂醉不回家，这样当然写不出小说，日子也就越来越穷了。

然而，老公的心境也很复杂，他并不是一个有女人缘的人。他只是被夫人利用罢了。因为他不善于此道，只像个爱闹脾气的小孩，所以博得了夫人家老爷的信任。于是夫人总会带他出门，顺便去找她的相好，先把他灌醉之后，说句“哎呀，老师，我忘记做什么事了”“我去买个东西”或是“我去见个人”之后夫人就离开了，只要拿路边摊的廉价酒打发他，自己就可以去玩两个小时。虽然夫人的对象换了好几个，但是庄吉一直是老样子，当一男一女起身时，夫人才说声“哎呀，老师，我忘记我有约了”，他已经低声下气到连问都不问，可悲地对他们说：

“请慢走。”他打从心底明白自己的悲惨，却拜倒在花心女子丰腴的魔力之下，只要对方说几句话哄他，他马上就和颜悦色地堆满笑容，但是他每次都觉得自己很悲惨。他当然不敢跟老婆开口，他得意扬扬地假装自己桃花不断，是夫人的心上人，心里却祈求老婆谅解，一想到这里就不由得感到可悲，但这就是艺术的可贵之处，他醉心于完全没有自己本性的梦幻故事中，俨然化身为作品当中的角色，朗诵到后来，甚至独自垂泪，连自己都感动不已。老婆觉得他很愚蠢。她认为老公的小说已经一文不值。她痛骂：“你这窝囊废，给我记住！”然后就失踪了。

然而他这么不自量力地热切追求夫人，并不是因为恋爱或花心，而是因为他在文学上已经遇到瓶颈。他根本没有女人缘，总是被女人利用，被当成她们偷情的保护伞。他深知被女人瞧不起与蹂躏有多么悲惨，不过只要哄他几句，他就觉得心满意足，真愚蠢、真可怜、一点也不好玩。不过，当他失去艺术的自信后，艺术家的人生也已经失去色彩。他专心做那些不好玩、不想做的工作，最后一蹶不振，丧失自信，这也是命中注定的结果。

老婆失踪了好几天，一直都没回来。庄吉心慌意乱、痛苦不堪，夫人则是冷冷地说："哎呀，尊夫人有别的相好啦？真是看错她了，老师您也真不中用，老婆都这样了，还在等她呀？"夫人说一些难听的话刺伤他，心里把他看得一文不值，眼里带着半分嘲笑，继续讽刺他："老师您也去偷吃吧？"

他的火气也来了："夫人，您愿意跟我共度一夜吗？好吧？走嘛。"

夫人苦笑着说："老师，您有钱付过夜的费用吗？"

夫人的话一箭穿心。

庄吉下定决心，不再忍耐，用力把头摔到地上，想说钻进地底算了，谁知整个人竟飘起来，撞到墙上，被拉门上的手工唐纸[①]弹开，鼻子擦到柱角，他苦着一张脸，一口气连转了五六圈才落下。他明明想要闭上双眼，捂住耳朵，落荒而逃，可是他心底有个固执、夹着尾巴的妖怪，告诉他："我很穷。我是穷到天下皆知的三枝。但我是艺术家。我很了不起。就算我又瘦又干，贫穷也对我无可奈何。"

---

① 日本特有的和式精美壁纸，已被视为一种美术工艺。

他也不知道自己到底在说些什么。不过他已经吓到全身无力、双腿发软，想逃也逃不了，只能自暴自弃地大声吼出自己的不安。

“没错，有些事也得等死了才明白呢。”

夫人倚在入口的门上。一名男子正好拿着毛巾和肥皂走到走廊，这男人也是她的相好，说：“什么死不死的？”

“我是说他这病，死了才医得好。”

“哦，那个笨开头的病啊。”

“对。”

夫人点点头。

“死了才明白，对吧？梶先生，今晚要不要带我去喝一杯呢？”

她跟男人并肩离开。

几天后，老婆回来了。

再没什么比不工作来得更可悲的了。正因为不工作才会变成这样。只要还有工作可做。但究竟为什么不工作呢？女人和酒都只是梦中之梦、幻影中的幻影，除此之外什么都不是。

于是，他给后进栗栖按吉写了一封信，表示这阵子想要离开老婆跟小孩，专心创作。“你租屋的地方有没有合适的房间？速回，静候佳音。”后来，他收到回信，上面写着“正巧没有空房”。庄吉本来就只是一时兴起，他根本离不开老婆。看到按吉的回答，他松了一口气，说：“喂，他说没有空房了。这下没办法了。总之，这里我不想待了，我们去小田原吧。我们重新来过。”

“我讨厌小田原。我不想跟妈妈一起住。”

“这也是没办法的事。如果我写不出来，我们也没有别的出路了，如果能在小田原专心创作，一定能写出杰作。”

“家当该怎么办？”

“去拜托一下，应该可以让我们寄放吧？”

“你付房租了吗？”

“我根本写不出来，之前又预支过稿费，应该借不到钱了吧？总之，我们去小田原吧，只要别待在这间房子里，我就写得出来。只要写得出小说，那点房租算什么？”

“你现在不付的话，之后该怎么办呢？你又要连夜逃走吗？家当该怎么办？”

“所以我叫你去拜托夫人啊。跟她讲一下，她一定会同意的。”

“你去。”

“我不能去。”

“你们交情不是很好吗？”

庄吉黯然地双手抱胸沉默，老婆心想自己离家出走才刚回来，为了抚慰老公的旧伤，于是说：“那我走了。如果她要讨房租也没关系。我们光明正大地离开吧。”

“嗯，家当的事就拜托你了。”

夫人听了他们的打算，非常高兴，立刻到他们家打招呼。

“听说您要返乡了。真舍不得让您离开。以后上东京，一定要来找我。只要在银座那一带打个电话，我一定会赶过去。半夜把我叫醒也没关系。今天，让我为您办一场惜别酒会吧。”

“不过，我们得去赶火车了。”

“只不过是小田原嘛，什么时候去搭火车都没关系。虽然我没准备什么料理，酒倒是还有，老师过来喝一点吧。”

“我们必须在天黑之前抵达。”

“反正是自己的老家嘛。太太，脸色别那么难看嘛。太太，一个小时可以吧？请把老师借给我。太太您还要整理行李吧？老师也真是的，干吗这么见外呢？”

庄吉被夫人带回家款待。老婆早就把行李整理好了，只能恨恨地空等一小时。

“时间到了，走吧。”

“唉，料理才刚送来呢。现在才开始啊，老师，您说是不是啊？”

老婆完全不理睬夫人，抓起已经满脸通红、醉眼朦胧的老公：“来，走吧。”

“你也喝一杯吧。”

“您看看。这样很讨人厌哦。老师，您的太太好无情啊。”

“什么无情，不用你多管闲事。你是什么人？不过就是个艺妓出身的小妾罢了！我可是正宫哦。”

老婆在奇怪的事情上趾高气扬。庄吉心底抱着城市梦碎的悲戚，倒也没喝醉，居然乖乖起身。夫人也立刻站起来，绕到庄吉身后，正想为他披上斗篷大衣，老婆默不作声，一把抢过瘦小的庄吉，把他抱住，一路推推拉拉到走廊。

“老师，我会等您回东京哦。到了记得马上打电话给我。”

庄吉正想回头打招呼，老婆扭过他的脖子，把他推到出口，庄吉跌跌撞撞地被拉到大马路上，在众目睽睽之下回头，却早已不见夫人的身影。

“哼，活该，真爽。”

老婆怒不可遏，不过夫人大概在家里捧腹大笑吧。庄吉心底很清楚，他认为夫人捉弄、轻蔑、嘲笑的对象是自己，并不是老婆。然而，诅咒别人是不对的。工作、工作、他只剩下工作，就这样，庄吉挥别东京。

小田原的老家，只剩下他的母亲，孤孤单单地守着亡夫的遗物度日。刚毅的母亲过着独居生活，她长年都在小学担任训导工作，可以说是女中豪杰，再加上即使亡夫还在世的时候，她也早已习惯孤独的滋味。因为亡夫是外国航线的船长，大部分的时间都待在海上，偶尔回来也不常回家，总是去青楼饮酒高歌，甚至还会带上当时还在读书的庄吉，跟儿子一起留宿青楼。母亲每回跟丈夫见面，就像剑客跟其他流派的人比画身手，她早已习惯这样的生活。

亡夫的遗产早就被当时还年轻的庄吉败光，连房子都被拿去抵债了，执行官上门的时候，当事人只知道逃跑，跑去跟一名喜爱文学的少女过上了扮家家酒般的生活。原稿卖不掉，又积欠酒行、米店的钱和房租的时候，他就会到处跑，寄人篱下、到处流浪，然后鬼扯一些“小孩生病了”之类的借口来跟母亲要钱。庄吉看准了她在长年的训导人生里，省吃俭用攒了一些钱，因此经常来骗钱，不过她再也不会给庄吉任何一分钱了。每次庄吉被房东赶走，在别人家待不下去的时候，他就会逃回小田原，过着仅能糊口的日子，等到写好小说，找到房子，又会立刻离开。她已经习惯这种方式，他们之间根本没有一丝情分，母亲只觉得他是个麻烦制造者。

虽然这时庄吉的城市梦碎，但是他的心里充满希望。因为东京的一流大报请他执笔连载小说，近来他根本没接到连载，甚至连三流杂志的工作都没有，所以能在报纸上连载，而且还是一流大报，生活肯定会宽裕不少。

大家都说庄吉是孤高的文学、斯多噶学派[①]，他本人也这么认为，不过他心底可不这么想，他的心里只有钱。贫穷太辛苦了。武士就算挨饿也要叼根牙签，假装吃饱，他假装自己不爱钱，只要有工作就好，只要待在安静的房间里，不用为老婆、小孩操劳，马上就能写出杰作。

然而，他拥有最冷酷的鬼目，虽然别人说文学没什么大不了，艺术只不过是被妖怪附身，创造出来的神秘作品罢了。歌德只不过是无意中读了莎士比亚的作品，大受感动，心想我也学他写一点东西，信手拈来，结果成了他的代表杰作。过去那些杰作，多半是想要钱、为了赚钱随便写的，巴尔扎克[②]为了赚取玩乐的钱而从事创作，契诃夫[③]是因为剧场老板胡乱定了期限，心不甘情不愿地写剧本，陀思妥耶夫斯基[④]会随着读者的反应改变角色的个性，也

① 古希腊及罗马帝国的学派，以伦理学为中心，为泛神主义的一元论，强调神、自然与人为一体。

② 巴尔扎克（1799—1850），法国现实主义文学成就最高者之一，代表作《人间喜剧》。

③ 契诃夫（1860—1904），俄国短篇小说巨匠，代表作《变色龙》。

④ 陀思妥耶夫斯基（1821—1881），俄国作家，代表作《罪与罚》《白痴》《卡拉马佐夫兄弟》。

就是说，这全都是为了俗鄙的交易，他们只是比较幸运，能让这些俗鄙的交易激发他们与生俱来的创作灵感，有能力发起那些被他们玩弄于股掌之间的大活动。庄吉非常清楚，即使是通俗杂志最俗鄙的要求，也能写出杰作。

事实上，文学就是这么一回事。自由才是最沉重的负担，拜托您自由创作，反而让人不知所措。因为他没有那么多想写的、非写不可的题材。因此，即使通俗杂志提出某些要求，或是有人请他撰写特定的主题，反而能激发属于他自己的创作灵感，这是因为作家自己思考的时候，容易受到现有枷锁的束缚，无法突破，如果别人给他起一个头，反而比较容易突破自我的枷锁，发起新的活动，找到全新的自我。因此，他认为找一个清幽的环境，脱离家人的束缚，尽情撰写杰作，只不过是流于形式的念佛罢了，即使哼着小调，在嘈杂的巷弄之中，也能写出杰作。以为待在安静的房间里，专心写作就能写出杰作，庄吉认为这只不过是悲惨的迷信。

同样地，不需要名声也不需要钱，只想尽力完成诚实的工作，这样的精神主义也是人们对文学最大的误解。要让作家全面发挥自己的才能，更需要心灵的鼓励，而名声与金钱就是心灵的鼓励。少了心灵的鼓励，就算才华横溢也不能完全发挥。连陀思妥耶夫斯基这样的大天才，被世人忽视之后，也连续写了二十年愚作，恶作剧般模仿别人的风格，左顾右盼，完全无法发挥自己的能力。越失败的人越自恋，然而自恋跟自信完全是两回事，自信是别人给的，也就是当别人肯定自己的才能时，当事人才会产生自信感，像陀思妥耶夫斯基这样的大天才，也需要别人肯定他的才能，给他名声与金钱，才能发挥全力，获得自信。

庄吉的情况跟无名作家又不太一样，无名作家对未来充满希望，专注投入创作，而庄吉也算小有名气，但是生活却一直不见改善，写的文章都赚不了钱，送到杂志社只会被退稿。这样的日子，持续了一阵子，他已经丧失自信，陷入迷惘，因此他沉迷于自恋之中，白费力气地虔诚潜修，持续创作。然而他越认真投入，写出来的文章却越是空泛，创作出远离自我且精雕细琢的复杂工艺品。他费尽苦心，却只能写出虚情假意的小说。

庄吉具备近代作家的鬼目，具备就事论事的现实见识，所以他早就感受、了解这些事实的真相。然而，这个时代的普遍观念却没能让他相信自己的直觉，他没有自信，只好一味地追求文人墨士的风雅气息，无法自信满满地追求真实的自我与文学的真谛。

所以不管再怎么爱钱，都不能为通俗杂志写稿，也不能写散文，同时拒绝别人提出的写作主题，他净是说这些违心之论，假装自己清心寡欲，最后却是徒增空虚。

接到为东京第一流大报执笔连载小说的工作，他的心也跟着燃烧，受到鼓舞，不过，只要想到小孩的学校跟老婆的事，再看到老妈的脸，他的心怎么也定不下来，因为他已经养成无聊文人的虚幻习性，而这习性正不断地磨耗他的心力。总之，他在小田原的宾馆租了一间房间，摆出日本当红大作家正在写稿的派头，还要再等四五个月才能收到连载的稿费，万一写得不好，没办法刊登的话，房租钱该怎么办？他一直在想这些事，结果小说完全没有动笔，一直不见进展。

好不容易才燃起的热情却没有发挥作用，即使灵感闪现却还是迟迟没有下笔，他甚至怀疑起自己的才能。希望越大，失望越大，他严重丧失自信。现在的他只感到焦急，内心痛苦挣扎，仿佛在迷宫中迷失方向，或在旷野之中徘徊一般。

在他的近作中，作为根基的自我的本性，本来就已经背离了现实，那只是他苦心创作出来的精致工艺品，他早就已经到达极限。原本心灵的鼓舞可以让他一口气打破自己的壳，突破极限，并找回自己作品原来的特色。明明有大好条件，他却让天降的大好机会白白溜走，如今，这个大好机会反而让他感到焦虑、不安，而且越来越觉得空虚。

他在宾馆的房间里束手无策地瞪着稿纸，不过他仍然是个在大报连载作品的大作家，召见特地前来拜访的乡里后进，跟他们一起喝酒。酒过三巡，他又得意起来，大家别担心，我有的是钱，我已经不是从前那个三枝了。喝酒容易犯胃疼，拿威士忌来，有没有老伯[①]？他喝到酩酊大醉才回家。老婆气得柳眉倒竖，说："你上哪喝酒去了，到现在才回来？现在没钱买米、买鱼，你打算怎么办？难道我每次花钱都要哭着跟妈妈讨吗？如果要跟妈妈讨的话，你自己去讨吧。如果你不去讨的话，小田原我待不下去了。"

① Old Parn，威士忌的品牌。

“你在说什么鬼话。你找得到地方去的话，尽管去啊。”

然而，他的心已经化为一缕细丝，再也禁不起任何打击，他已经丧失写小说的自信了，宾馆的费用、连日来的酒钱该如何是好？如果不趁这个机会写作，他的文学生涯就没有希望了，他不知道该怎么宣泄这股悲伤。

酒醒之后，老婆的叨絮深深刺进他的心。连买鱼这点小钱都要哭着向婆婆要，他觉得老婆很可怜，也觉得自己可怜。放心，我去筹钱。于是，他写了散文，到东京拜访各大杂志社，三跪九叩，再三拜托，总算拿到一笔钱。他找朋友喝茶，想到老婆居然连买一片鱼干的钱都没有，他想起老婆的怒火，大白天还知道要乖乖喝茶。到了傍晚，总觉得不喝点小酒，他就没脸去搭火车，于是他决定小酌一番，喝一点点没关系，反正现在火车挤满下班回家的人潮，等到末班车，深夜再回去。结果他喝个烂醉，走路跌跌撞撞，跌倒在地，满身泥巴，身无分文，领口还沾了口红印。

“这口红是怎么回事？”

“啊哈哈哈。被你发现了。啊哈哈哈。那是疑雨庄的夫人留的。啊哈哈。”

其实那是他在新桥某个小巷子的赌博酒吧里请一个嘴巴跟食人族一样大的女人咬的。人穷则贪，更想欺负比自己弱小的人，他觉得自己这招真高明，于是哈哈大笑。老婆怒火中烧，勃然大怒。她完全不知道老公跟夫人之间的真相，一直以来过着贫苦的生活，流浪了十几年，经年累月的怨恨，加上老公的冒犯与轻蔑，忍耐总算到了极限。

隔天一早，老婆收拾细软，像是要摆脱这罕无人烟的小田原，到车站搭火车上东京，造访老公的徒弟——大学生浮田信之，一见面就哇哇大哭。

上次失踪的时候，她也是来找这个大学生，大学生不断安慰她，还陪她一起回家，向老公道歉。不过他毕竟还是个大学生，不懂世俗的真相。俗话说，夫妻吵架，连狗都不理，除了当事人之外，其他人都应该闭嘴。可是他把她的话全部当真，上次送她回家的时候，还特地拜见老师，一口咬定老师被坏女人缠上，结果被老师大骂一顿。

大学生因此怀恨在心，刚好这次她又来哭诉，他非常同情她。她说，我无处可去，请你收留我吧。不过他毕竟是个跟父母伸手要钱的大学生，家里不能收留女人。不然我们一起去旅馆住吧，她说。大学生正好也有此意，于是两个人手牵手一起失踪了。

过了一个星期，老婆还没回来。庄吉非常狼狈，跑去老婆的娘家，结果发现老婆没回去，一找之下，才发现老婆跟浮田信之一起失踪了。浮田的父亲大吃一惊，趴在庄吉面前不断道歉，等我找到儿子，一定拿刀砍了他。庄吉温柔地说，算了，算了，别这么小题大做。从那天起，他感到懊恼、疯狂，神经衰弱，像个废人，连脸都瘦了一大圈，越来越虚弱。

庄吉给后进栗栖按吉写了一封信。每到这种时候，他能想到的只有这个可恨的家伙。老婆在疑雨庄失踪的时候，想跟老婆、小孩分居，在按吉那里租间房和他一起奋斗，虽然最终因未能租到房间而不得不逃到小田原，但是在他准备离开的前一天，按吉那个可恨的家伙还是像一阵风般来访，帮忙整理行李。

庄吉给按吉的信上写着，见此信请速至小田原，除了见你一面，我已经走投无路，然后用快递寄了出去。

这三年来，他最恨的人就是按吉。按吉是他恨之入骨、不停诅咒的家伙。同时也再没有比他更亲切的人了。

连夜逃跑的时候，按吉帮他找房子，按吉帮他筹钱，担心连夜逃跑会影响到孩子，按吉还让自己的儿子就读私立小学，他真的帮了很多忙。然而，身为一个后进，他完全不懂得尊重前辈。

每次见面，他一定会把前辈庄吉的新作批评得一无是处。庄吉喝醉的时候，总会称自己为先生，像是三枝先生或是三枝老师。按吉就会说，你少自恋了。怎么？你最近写的那些东西，对得起老师这个名号吗？简直就是手工精巧的仿冒品嘛。是不是背着什么包袱，动弹不得啊？再说回来，一天到晚朗读自己的小说，你别再干那种丢人现眼的事了。他每次都会说这种话。

三枝庄吉怒火中烧，给他们两人共同的好友写了一封信，指控那家伙是自恋、不自量力的疯子，蛮横无理，身为文学家，他再也不想跟这种烂人打交道。他感到愤怒、憎恨。过了三年，他的憎恨有增无减，不过，每次遇到麻烦事的时候，总是第一个想到他。于是他写了一封信。之前跟好朋友大门次郎绝交的时候，他也立刻写了一封限时信，把按吉找来，结果，一见面他又立刻感到愤怒。

读了快递的信件，按吉立刻赶过来，不过他被庄吉形容枯槁的模样吓傻了。庄吉连额头都没有肉了，脸小了一大圈，几乎跟按吉的拳头一般大，但眼睛、鼻子和嘴巴却还是跟以前一样大，像木乃伊一样面色发黑，说话的时候，只看到一张嘴在动，简直跟妖怪没什么两样。除了眼睛、鼻子和嘴巴之外，只剩下枯黄的皱纹与毛发。

“你终于来了。好想见你啊。还好能见到你。后来你过得怎么样？还好吧？你家很安静吗？有没有认真努力啊？哦，我今天真幸福。总算见到你了。”

按吉再次吓到说不出话来。因为除非喝醉酒，否则庄吉是个总是阴沉寡言、极度谨慎与羞赧、喜怒绝不形于色之人。

庄吉再三恳求按吉留下来过夜，按吉表示截稿日快到了，坚持拒绝。再加上跟病弱的庄吉说话，实在是一件苦差事。栗栖按吉一直没走红，现在依然是个赚不了几个钱的文人，根本没有什么截稿日，不过庄吉听了他的话，却感到万分抱歉，说了句：“这样啊，对不起，硬是让你跑一趟。”光是说了这句话，他干枯的脸上的眼里就已经泛起泪光。

即使如此，按吉还是想尽办法安慰他，就算老婆跟浮田一起失踪，两个人也不一定会发生肉体关系。他们又不是外遇逃家，只不过是跟老公吵架才离家，跟外遇不一样。自己以前也曾经跟一个姑娘去恋爱旅行，结果那姑娘也不肯委身于我。这次你老婆离家一定也是这样，她一定会拒绝肉体关系，再加上浮田还是学生，又是个大少爷，应该不会来硬的，只不过是一场伤心旅行，我看他们肯定累了。说不定找不到回来的借口，正在烦恼该怎么办呢。如果两个人就此殉情，那就更不可能发生肉体关系了。世上的俗事啊，其实就是这样，不想被老公发现的偷情，才会如胶似漆。事情闹得这么大，反而没想象中来得好，他们二人现在一定很痛苦。按吉说了这些话安慰他。然后，他趁天色还亮的时候回家了。

按吉在身边安慰他的时候，庄吉感到自己充满力量，完全相信按吉的话，安心地点头称是。按吉回家后，他反而觉得引颈企盼按吉到来的时候比较好，如今，他来过又走了。按吉还在的时候，他说的话充满说服力，可是按吉走了，他留下来的安慰已经失去效果，成了空虚的笑话，老婆不在家，跟别的男人失踪了，这才是事实。

庄吉衰弱的速度加快，病情急速恶化。

文学青年户波五郎是庄吉的小学学弟，他家就隔着一条巷子，在庄吉家正对面，只要走到檐廊喊一声，就能听到他的回答。庄吉还在东京的时候，户波也待在东京，当时他在书店当掌柜，两人气味相投，几乎每三天就会一起出去玩。他们是一起到处赊账的难兄难弟，这一年来，他回到小田原，在车站前开了一家名为杂文堂的书报馆，每天出门开店。他偶尔会请伙计帮忙顾店，自己到外面拜访客户，不过他经常大白天就开始喝酒，晚上就喝掉一整天的营收，搞得入不敷出，几乎快要到连夜潜逃、关门大吉的程度了。

庄吉被那些烦心事搞得身心俱疲，这时他最需要朋友的关怀。只要朋友来访，陪在自己身旁，虽然也有心烦意乱的时候，但是大致上他都能感到满足与安心。

户波是个酒中英豪，自然很清楚宿醉的不安与痛楚，这时他也很需要朋友的关怀，他非常了解那种感受，因此，他很同情庄吉需要朋友慰藉的心理，只要庄吉在对面喊一声，他就会立刻出门，强迫自己陪在他身边。虽然他自己也有宿醉或是连夜逃跑的烦恼，但除此之外的烦恼，他既不敢想象，也没有余力去同情。这对任何人来说都是很正常的情况，结果庄吉却在讲到一半时，突然感到莫名的焦虑，拿出长腰带，在桌球桌的桌脚，绕了一个圈，把脖子套进圈圈里，用力扯，这样死不了吧？他焦虑地握住腰带，再次套住脖子，双手用力拉。他露出疯子似的眼神，眼睛又浊又青，发出阒暗的光芒。尽管如此，没有人想到他竟然真的自杀了。

四五天后。

这天，庄吉在家里喊“喂”“喂”，都没人答应。于是庄吉踩着木屐，走到户波家门口。

“户波不在吗？”

户波的老婆以前当过女侍，个性粗鲁、无礼，总是把老公管得死死的，每次赌气就会睡大觉，她在房间里生气地碎碎念：“不在啦。”

“上哪去了？”

“我哪知道。”

庄吉只好默默回家。要是户波这时在家的话，憾事就不会发生了。

庄吉坐在檐廊上，又焦虑地站起来，走进房间里，漫无目的地从客房快步走到最里面那间有桌球桌的房间，又回到檐廊，焦虑地坐下。才刚坐下来不久，又立刻起身，走进儿童房。

十分钟后，户波回来了。听说刚才三枝先生来找过自己，他没从玄关进去，而是从后院绕到檐廊那里。户波总是习惯从后院进去。

儿童房就在檐廊外头。这间房跟阁楼有点像，没有天花板，梁柱外露，大梁高度仅约六尺[①]。这房间原本是仓库，改装的时候把檐廊往外推，铺了木质地板，房里放着桌椅。虽然是洋房，不过没有加装门板，从院子就能看到里面的情形。

户波看到里面有人。于是他站在院子往里面探头一看，他看到庄吉的母亲，那个以前当过训导主任，身体肥胖、壮硕的老婆婆，她一直用双手压着某个东西。因为她背对着自己，所以户波不知道她在压什么，只知道她压住某个正在移动的东西，好让它不再移动。户波爬上檐廊，问道："老太太，您在做什么呢？"

话一问完，老婆婆转身，用明亮的眼睛狠狠瞪了他

---

① 约180厘米。

一眼。

“笨蛋死了。”

接着，她松开手走了出来，说：“你去找医生来。”

户波往里面一看，看到庄吉把腰带挂在梁上，吊在那里晃啊晃的。梁的高度只有六尺，身材矮小的庄吉，脚尖正好顶到底，他的脚几乎快要碰到地板，还在轻微晃动。他挂着两道长长的鼻涕，血红的双眼外凸，看似正在瞪人，像是还活着的疯子。庄吉的母亲大概听到儿童房传来奇怪的声响，马上赶过来的吧。户波把庄吉从梁上放下来，跑去找医生。

我接到电报之后，前往小田原，我赶到之后，过不了多久，他的老婆看了当天的报纸，得知老公自杀，也赶回来了。她把我叫到另一间房，从衣柜里拿出丧服换上：“那个人一定是为了让我痛苦才自杀的。”

“没那回事。人会做出各种事来折磨别人，但是不包括自杀哦。又不是歇斯底里的小女孩，他可是四十岁的文人。”

“别再骗我了。只要能让我痛苦，那个人什么事情都做得出来。他自杀都是为了折磨我。”

“别想那么多嘛。”

我掉头离开房间。对于她竟然拥有丧服这件事我感到百思不得其解。为什么留下丧服，没拿去典当呢？他们的生活水平使他们根本保不住好一点的衣服。

之所以这么想，是因为我觉得穿丧服的女人散发出某种诡异的性感，尤其是正在穿丧服的模样，更是折煞人。她流露出诡异又性感的诱人姿态，泪眼汪汪地说，那个人是为了让我痛苦才自杀的。她性感地勾引我，害我落荒而逃。真是太丢脸了。

不久，我前往京都，进行一场放逐之旅。过了一年半才回东京，有天晚上，庄吉夫人来访。她已经自甘堕落到了极点。当时，她已经是别人的小妾。与其说是小妾，还不如说是娼妓，说不定还更堕落，成了暗娼，我根本不敢正眼看她。后来，我听说她果真过着那种日子。

庄吉是创造梦想的人。他的文学不只是他的梦想，他的现实人生也是他的梦想。

然而，为了让梦想发展成文学，梦想的根基必须在现实人生中扎根，扎根在他立足的现实地基中。刚开始，他的文学确实还有根基。因此，他的老婆模仿他在梦想中描绘的女子，最后终究虚实难辨，似幻犹真，于是，他们的现实本身成了梦境。

不管是他的人生还是他的文学，都是他打造的玩具箱，他用魔法赐予玩具箱里的主角——他和老婆的生命，与其说是活生生的人类，更像是一种诡异的存在。

到了晚年，他却亲手打翻、破坏了自己的玩具箱。他的小说已经背离他立足的现实地基，在虚构的空间里扎根，而他的老婆也发现，玩具箱里的老婆已不再是自己了。

庄吉也明白这件事。他老婆的生命，只不过是他在玩具箱里用魔法赐予的，当魔法消失后，她的生命旋即消逝。因此，在他死后，老婆只能去找别的男人，当别人的小妾，甚至是娼妓。

他的鬼目应该能看穿这一点，不过他被自己那不合常理的虚幻见解束缚，认为自己的老婆不一样，只是一个女人，一个了解他灵魂的女人。他完全忘了重要的现实根基，等他死后，老婆会去当小妾，也会出卖肉体。

庄吉啊，如今，你的老婆成了这样的人。

我不想侮辱你，也不想侮辱你的老婆。这就是塞翁失马，焉知非福吧。

你为什么忘了让你的文学、你的梦想和你的玩具箱冷酷地凝视着现实，往下扎根，茁壮发芽呢？尽管现实残酷无情，我们还是可以在现实之中培育梦想，创造玩具箱。

看到你老婆落魄的下场，庄吉啊，看清楚吧，你为什么忘记看清楚呢？所以你才会死得这么不值得，笨蛋，所以老婆才会做出那么下流的事情吧？你输了，输给老婆落魄的下场。你明明就有卓越的鬼目，为什么会落得这种下场呢？

我觉得你死得真不值得，只能郁郁寡欢，唏嘘不已。

无聊的魔鬼

战争的时候，我想没有比我更堕落的男人了。我早就做好接红单[①]的心理准备，结果一直没收到，虽然收过征用令和调派令，但只被问了两三个问题，跟其他人比起来，算是少得惊人。最后他们还非常客气地送我回来，对我说："您辛苦了。"

我本来只是单纯地想在战争里遵照敕令，不管命运如何安排，反正我依然如故，即使是接到征用令跟调派令的时候，我也打算听从上层指示，当上面的人说"身体不好的来这边"的时候，有不少体格强健的人竟然马上走了过去，不过我完全不为所动。尽管如此，当差的人并不是觉得我能力不行，而是把我当成危害那些征召劳工的人物，毕竟小说家给人昼伏夜出、懒惰且不服从规定的流氓形象，也许因此对我敬畏三分吧。虽然我会遵照敕令，去工

① 战争时的征集令。

厂工作，不过我不知道自己能不能听命行事。虽然我遵守敕令，但我气定神闲的模样也许让他们觉得有点恐怖吧。

因为这些缘故，全日本的人都在忙，我却无事可做，其实我早已做好心理准备，认为自己有三分之一的概率会死。

我在日本电影社工作，我连目前那个活儿的汉字都想不起来，可见我多么堕落。我一个星期只去露一次脸，看一些当周电影新闻及其他有趣的消息，再跟董事聊十五分钟就行了。后来董事嫌麻烦，老是摆出一副不见面也没关系的样子，于是我也乐得轻松，后来只会在每个月领薪水的时候过去。我总共写过三个剧本，没有一部被拍成电影。第三个《黄河》更是乱来，我在昭和十九年[①]的年底接到撰写剧本的要求，当时日本已经明显居于劣势，公司明明很清楚现在不可能拿着摄影机在中国黄河一带闲逛，但还叫我写剧本。董事也许觉我很可怜。不做任何事，不进公司也能领薪水，我心里着实过意不去。之所以叫我写大剧本，肯定是因为写小剧本的话马上就要写出来，比较

① 公元1944年。

麻烦吧。董事和我多少有点私交，这里就不提了。

人家说征服黄河就能征服中国人，治理黄河一直是中国数千年来未能解决的大问题。日中战争刚爆发时，日军企图让黄河溃堤，使原本的河口流到扬子江。因此，日军大兴土木，这就是电影的主题，不过这部分与我无关。我负责的是上半部，也就是“黄河是条宛如怪物的特殊大河”这部分，偏向历史、地理的文化电影剧本。

因为这个，我开始研究黄河。大部分的书我都看完了。立教大学有一个亚细亚研究所，那里有一位诗人兼中国学者，他的名字我也忘了，我曾经在三好达治[①]那里见过他，听说他是一位值得信赖的中国学者，又听说这位诗人在亚细亚研究所上班，所以我前往拜访、请教。此外还有几名中国学者，不过没有专门研究黄河的专家，总之，我得到了他们亲切的协助，然后我到他们告诉我的两家中国书籍专卖店，分别是“内山”“山本”，去买他们提供的书单上的书。

① 三好达治（1900—1964），日本诗人，代表作《测量船》。

此外，会津八一[①]老师也许是从创元社的伊泽先生那里听到消息，听说我正在研究黄河，所以叫我到早稻田的甘泉园，老师在那里放了许多他收藏的中国古代艺术品，他也提供了一些与黄河有关的中国文献。因为老师提供的这本是中文书，我看不懂，只知道书名，所以只好割爱。

虽然明明知道这是一件无法实现的工作，也就是根本没意义，但是我还是勉强自己进行。我心知肚明，如果这是小说的话，也许在战败的十年、二十年后还有机会出版，就算我已经过世，依然有机会出版。但作为电影则根本没有意义，只会随着战败，永远化为泡影，消逝无踪。我无法制造出水中的泡影。不过阅读跟黄河有关的资料倒是相当有趣。我几乎每天都到神田、本乡、早稻田还有其他二手书店报到寻找资料，除了黄河之外，我还读了很多相关的中国书籍，尽管如此，我一点也不想动笔写剧本。后来硫磺岛惨败，冲绳失守，每两个月跟董事见一次面的时候，他开始催我，差不多该动笔了吧？由于董事注重公

---

① 会津八一（1881—1956），日本诗人。

司门面的关系，他很清楚这根本无法拍成电影。只是董事太注重公司的门面，我觉得压力更大了，再加上我每个月都领薪水，心想好像不得不写了，可是我并不想为了义务从事这份空虚的工作。我把一半的薪水都拿去买黄河文献了，饶了我吧。我在心里偷偷告诉自己，给自己的怠惰找借口。

我住的地方受到祝融光顾后，还是以奇妙的形态保留下来。我并不觉得这是烧毁的房子，因为我住在蒲田，邻近下丸子[①]的大工厂地区，这里已经受到大轰炸。虽然受到轰炸，但也只有一座大工厂受害，还有一些流弹波及，除此之外，还有十几座大工厂。因为一家工厂要轰炸两个小时，以后应该会连续轰炸二十个小时，想到就觉得烦，其中可能会有一两颗流弹掉进我家。

因此，我开始盘算，如果工厂区白天遇到地毯式轰炸，应该逃到五百米或是一公里远的地方，所以我不断训练自己的脚程，最好可以跃过四米深的深沟。虽然我非常

---

① 东京大田区町名。

怕死，但我还是冷冷回绝别人叫我逃难的提议，留在东京。我的一生就是这么矛盾，对于这样的命运，我也甘之如饴。一言以蔽之，我拥有愚蠢的好奇心。我是贪生怕死的胆小鬼，却无法抗拒与好奇心为伍的诱人魅力。我从来不曾诅咒战争。我可能是全日本最喜欢跟战争嬉戏、最天真无邪的笨蛋。

然而，我对前途已经不抱任何希望。我有几个朋友在麻生矿业工作（为了逃避征集令），我经常拜访他们，跟荒正人[①]打招呼，这个男人确信“我一定会活下来”，他费尽心力，做好各种准备，以便到时候能活下来。虽然平野谦[②]没这么努力，不过他也抱着相同的想法，佐佐木基一[③]也是如此，他很早就带女人逃到深山的温泉了。也就是说，《近代文学》[④]那帮人早就拟定生存计划，早就

① 荒正人（1913—1979），日本文艺评论家。

② 平野谦（1907—1978），日本文艺评论家。

③ 佐佐木基一（1914—1993），日本文艺评论家。

④ 1945年，由荒正人、平野谦、本多秋五、埴谷雄高、山室静、佐佐木基一、小田切秀雄七人创刊的文学杂志，于1964年停刊。

预料到这一天，事前已经打点好了，不过他们缺乏生活能力，所以无法按照原定的计划进行。不会打点的人，生活能力比较差，这个能力跟知识是两回事，我们文学家在紧要关头总是派不上用场。当蒲田同时强制疏散数万人的时候，当时衣柜才卖二十元，荒正人听我提起这件事，立刻露出想要冲到蒲田买衣柜的表情。也就是说，他坚定地认为自己一定能活下来。

我完全没有这种想法。由于我没有先见之明，而且很少为将来做打算，现实生活中，只顾着玩而已，反正“穷则变，变则通”，我就是抱着这么堕落的信念活着。佐佐木先生跟荒先生曾经被通报为思想犯，进了警察的看守所，才刚被放出来，自然殷切期盼自己能够活下来，创造自己的世界。荒先生更是说“费尽千辛万苦都要忍耐”，自信满满地大叫无论做什么下流、见不得人的勾当，都要活下来。荒先生本来就不喜欢靠别人的力量，凡事都喜欢靠自己努力。空袭的时候，他更是特别努力，我看在眼里只觉得可笑。他就像是一只对空袭吠叫的动物，而且不是什么厉害的猛兽，我则是若无其事地把空袭当成一场表演，我觉得我比较低劣，更像是什么有毒的动物。

平野谦差不多是在这时被送进军队，他也认为不管发生什么事，自己都不会失败，一定能活着回来。我到东京车站送他，跟他说："比起读那些无聊的小说，上战场有趣多了。"他戳戳我的侧腹，对我说："少说风凉话了！"后来，他不知道用了什么花招，骗过军医，十几天就被军营放出来了。

总之，他们当时经常彼此激励，战败之后，不管用什么手段、用什么妙计还是下三烂的手段，都要在化为焦土的日本活下来，取得发言权。他们只是特别意识到这个问题，那些在国民酒场①排队、不务正业的那帮人，心里也坚信自己一定会活下来，每个人的心里都各有算盘。

我想要活下来的好奇心，应该比他们都强烈。基本上我相信自己会活下来。不过我打算一直留守东京，当敌军包围东京，陷入天崩地裂的动乱再举起白旗后，我会像只鼹鼠一样探出头来察看。遇上战争实属难得，所以我不想

---

① 第二次世界大战时的大众酒店，每个人能饮用的酒均受到政府管制，因此开店之前往往大排长龙。

离开战争的中心。这也是出于我的好奇心。虽然我拥有各种好奇心，不过最强烈的就属这两者——留在中心的好奇心以及活下去的好奇心。我早就有所觉悟，在所不惜。

我把写到一半的小说全部烧掉。虽然这件事后来给我造成了很大的困扰，但是我漠然相信今后十几年，大环境应该不允许我再写小说了，干脆烧掉一了百了，逃命的时候还能省去这些家累。虽然是盛夏时分，但光是作废的原稿就够我烧两次洗澡水的了。

在空袭相当严重的时候，我还是经常前往神田等地买书。朋友们都很惊讶，纷纷表示反正都会被烧掉，何必再买？不过我是个浪费成性的男人，没办法喝酒，也不能玩女人，只剩下看书了，所以我才会读书。不过我遇到空袭的时候，并不会把书带走。我总是两手空空，只会带那些别人请我保管的东西。

我真的经常看书，看的全都是一些史书。然而，我觉得历史越来越接近现实了。看吧，首先，夜晚没有灯光，出门只能靠大众运输。比起这些事，人们的生活已经回归到从历史衍生的原始形态。排队买酒和烟，有人插队。

守望相助会派代表，主张自己的权利。于是，权利与法律逐渐组织化。以前就有“协会”的概念。类似某某公会组织，乃是由个人建立，以维护自己的利益为目的，主张自我权利的原始形态。如今，我们身边随处可见这样的形态。空袭之下的日本，已经斩断文明开化的绳子，跟应仁之乱[1]的焦土没什么两样。粮食上缴也类似以前的庄园[2]概念，当时的老百姓肯定懂得偷藏一些米。原始形态从不曾美好，充满贪念与私欲，自然能获得各大组织及团体的力量保护。

虽然历史已经很久远，不过我深刻感到自己跟历史的距离很近。早在千年前的日本，就能看到人们在排队和上缴粮食时的心态。如今，才花了几年就退回千年文化最原始的形态。不过我觉得正好相反。组织出现的速度非常快，人们已经不需要花费千年的时间思考。顶多十年、二十年吧。所以我认为日本战败后，将会陷入最大的混

① 1467年，足利义政掌政时发生的内乱，战火遍及全日本，自此之后，日本进入长达百年的战国时代。

② 为增加农地，允许农民垦地开发并私有土地。

乱，精神也会陷入最严重的颓废状态。半吊子的混乱只会衍生半吊子的道德。大混乱才是通往大秩序的捷径，所以我相信人们从最大的混乱中建设时，绝对不需要花费过去历史那段毫无意识又漫长的空虚时光。

尽管如此，人们凡事讲究贪念与私欲，变得自私自利，在一片黑暗之中，居然不见小偷或强盗的身影，与其说这是我最关注的一点，倒不如说是我最惊讶的部分。我不得不认为人们虽然过着最低级的生活，却也都能温饱，因此才能衍生这么平静的秩序。因为即使偷了钱，也没地方玩乐，所以不需要偷窃了。

有工作的人都有食物，大家都不穷，大家必须记住，这是宛如死亡、宛如傻瓜般的平稳生活。这里没有人类的幸福。拥有杀人、抢劫都要入手的东西，才是人类真实的生活。

战争之中的日本最和平了，在日本两千几百年的历史中，现在恐怕是日本人最平稳的时刻。大家一定有得吃，所有人都要工作赚钱，而且完全没有小偷。夜晚一片漆黑，几乎没有警察，到处都是烧毁的房子，逃跑也不怕被抓，大家都穿着同样的服装，没有明显的特征可供指认，深夜干一票回家，也不会被质疑，更不用怕有人拿手电筒在后面追赶。小偷、杀人犯可以自由行动的外在条件都已具备，却没有小偷、强盗和杀人犯。人们真的幸福吗？我们空虚地吃饭，活得像个和平的傻瓜，还算得上是人类吗？

我们已经建立起几乎完美的秩序，可以防范各种犯罪。也许是因为高涨的爱国心。这是多么虚幻的美景啊。自己的房子烧掉了，几万间、几十万间房子烧掉了，大家居然不感到悲伤，只把烧毁的房子夷为平地。有人死在旁边，大家却不屑一顾。大家觉得那已经跟老鼠尸体没什么两样了。即使心脏已经麻痹，跟恶魔的亲人一样落魄，依然有食物可以吃，而且没什么欲望，所以人们既不会偷，也不会抢。因为人们顶多只想要上衣或是夏季和服，虽然会把澡堂的衣服偷偷穿走，但是他们已经对犯罪感到麻痹，所以不会偷也不会抢。只能感到平静的秩序道德有多么落魄、空虚与无趣。这里没有人类的幸福。这里没有人类的生活。这里连人类都不存在。

我本人也完全成了这堆傻瓜中的一分子。我是最空虚、最平静的笨蛋。我曾经追求过女人，也谈过恋爱。那个女人比我更自暴自弃，觉得反正战争会变得更糟，她的灵魂已经一片荒芜，但是她并未察觉到这一点。跟我相会的时候，她总是穿上漂亮的工作服，不过她的灵魂已经配不上那身漂亮衣服。

我偶尔会去日本电影社露脸，董事的房间在四楼，由于大楼没有电梯，所以我要走一个三尺宽[①]的狭窄楼梯上楼，这时我看到一个衬衫没穿好、拖着木屐的男员工，手搭在穿着肮脏工作裤和木屐的女员工肩上，两个人搂在一起，走在我前面。明明知道我就在三尺之后，二人却完全不介意。这就是荒芜灵魂的真面目，也是虚幻和平的真面目。他们的灵魂都配不上漂亮的衣服，而且，他们完全没有一丝明天的希望。

我每天都热切地读书，为了灵魂而读书。我的灵魂没有一身华服，我只是用冷酷的鬼目阅读历史，读着人类用

① 约九十厘米。

真面目一路走来的足迹。跟女人见面、相拥的时候，我也透过冰冷的鬼目，贪求女人的肉体。魔鬼特别贪心。那是一股奇妙的热情。女人比我更热情、更冷酷。她是更荒芜的魔鬼。

我一直在想为什么会这样。不过女人并不是个案。那些恶徒排在国民酒场队伍的前面，不过更前头的香烟队伍都是那些守望相助会的太太们，她们更加恶劣地占据队伍的前头，独占购买的权利，恶徒跟善良老百姓的灵魂其实没什么两样，占不到地利的人只能在队伍后面发牢骚，灵魂只差在有没有天时地利，其实全日本的灵魂都一副流氓德行。追根究底，大家全都是流氓。

直到蒲田化为战火荒原之前，我每天都到围棋会馆报到，尽管那里会染上跳蚤。总之，我的生活只剩下阅读与围棋会馆，偶尔跟女人私会。

一名约莫二十三四岁、看似体弱多病的年轻人，每天都会来这家围棋会馆，他是田町[①]一带的工厂事务员，他

① 东京地名。

拥有强烈的反战思考，坚信日本军将会彻底毁灭、战败。他深爱共产主义。他是一名纯真的青年，热爱众人更甚于自己的私利。有一天下了一场骤雨，他硬是把自己的外套塞给我，自己淋得一身湿回家。至今，我依然不曾忘记这名青年真诚的心灵，他从不怀疑别人，为了拯救别人，不惜自我牺牲。

蒲田化为战火荒原后，我们曾在车站巧遇。青年似乎不得温饱，脸色极为苍白，他听说某家满目疮痍、一早就大排长龙的组合屋其实是一家寿司店后便跟我道别，加入排队的行列。当时，我真想邀请青年来我家。本来打算跟他说我家还有不少空房，也不用付房租。不过青年还有一位年迈的母亲。我也知道这件事。尽管如此，我还是没能开口。因为青年的心灵太过美丽，对我深信不疑，我不忍破坏这么美好的心灵。

我本人就是个流氓。我的心灵已经荒芜。虽然从外表看我是个慢条斯理、专心读书的人，但是我的心灵却住在恶魔的国度，同时，我深刻体认到，恶魔的阅读好比圣人的阅读，一样沉着、冷静。

恶魔只感到无聊。因为恶魔没有希望、毫无目的。恶魔热爱女人，他的爱，只是一时的情感。假设他有目的，也只是因为他热爱破坏罢了。

我喜欢美好的事物。有一次，当我在餐厅排队时，一名从工厂下班的优雅女孩问我："请问您有餐券吗？"若是没有战争，这女孩应该不用吃苦吧？我把餐券交给满脸疑惑的女孩后立刻逃跑，我经常做这种轻佻的事。我根本不需要同情她。同情一个人本身就不合理，通常，只有在一男一女的情况下，才会产生爱情。如果不是这样，我应该把餐券送给全天下的女人。也许那名可爱的女孩死于空袭，也许成了娼妓。那也是女孩必须自行面对的人生，当我的生活与其他人的生活没有交集时，他们都是与我不相干的路人，最好不要做出这种会惹人生气的同情行为。所有人都很可怜，不应该有所差别。

尽管如此，我就是个无可救药的人，我以此为乐。有些人喜欢古董、艺术品或风景，我的兴趣则是关爱那些美好的人类，对于人类以外的美好事物，我根本不屑一顾。

我深爱着美好的人，不过我却是个充满魔性又多愁善感的人。我已经目空一切，将来会如何，我已经不想管了。我只会为了转瞬的欢愉取悦别人，带给别人惊喜，满足别人。也许对方根本不喜欢，甚至觉得有点恶心，不过我完全不在乎，我只想满足自己的心灵。

我请那些跟我完全无关的人吃饭，给他们钱，送他们东西。每当我想这么做的时候，虽然我满足了自己的想法，心底却不见得完全放下。这就是魔鬼的无聊心态，正如当时没能让那名青年留宿，我原本就无法忍受永恒的关系。

女人穿上漂亮的工作服与我私会，她的心里却没有支撑的轴心，也没有希望，除了追求瞬间的快乐，已经没有别的想法，无比堕落。她完全没有目标，她拥有的只是一具向快乐沉沦的身躯。

“你很难相处，所以我不想跟你结婚。”

女人总是这么说。没有错，女人本来就没有目标，只要是稍微有一点想法的男人，大概都会被她归类为难相处的类型，怎么也无法深交。女人在一个很差的时机跟我分手，我送她到车站时，她目送许多班电车离开，只顾着微笑、用木屐踢石头或是把手上的包包转来转去，一直讲一些无关紧要的琐事。结果她突然说了一句“再见”，就跳上电车。完全不晓得她的目的是什么。

她似乎只求在面临战争破坏的极致后，一切都能够焕然一新。破坏就如同通往未知崭新世界的一股甜美滋味。

我不知道女人是否还有其他情人。也许只有我一个。她经常像一阵风一样，出现在我的面前。我从不曾主动拜访她。

“你还没收到红单吗？”

“还没。”

“万一收到的话，你打算怎么办？”

“没办法，只好乖乖上战场。”

“你愿意战死沙场吗？”

“不晓得。”

我们只会聊一些没营养的话题。不管女人讲什么，听起来都跟哼歌没什么两样，但是两个人聚在一起总不能不说话，所以她会找一些话题来聊。我跟她一模一样。倒不如说，要是我们语言不通的话，相处起来应该惬意多了。

女人总是面带微笑。她长得非常高贵、优雅，每次我看到女人的笑容，心里都在想同一件事——竟然有人的心灵完全没有目标，女人总是若无其事地面带微笑。

“黄河的剧本写好了吗？”

“我不会写哦。”

“为什么？”

“没心情写。”

“我应该写得出来。”

“那很正常啊。你只会做一些没用的事。”

女人置若罔闻。她脸上依然挂着微笑。完全没在听别人说话。她根本不曾思考。

我觉得这样的心灵也值得同情。凝视绝望谷底的心灵非常可怜。当时的我只能这么想。

所以盯着女人的微笑时，我偶尔会想起荒正人和平野谦。我最难忘的就是当荒正人咬牙切齿地说“费尽千辛万苦都要忍耐”时那种口沫横飞的样子，还有想要立刻冲到蒲田买几个二十元的柜子时那种精力充沛的模样。荒先生也真是的，深信自己以后一定会活下来。跟这女人毫无目标的微笑完全相反，是我完全无法想象的世界。

我心想，荒先生、平野先生他们很像小说里的人物。他们就是看太多小说了。他们的想法、他们说的话，一点也不符合现实，更像是小说中的一部分，他们不曾脚踏实地，而是踩在托尔斯泰或是陀思妥耶夫斯基的身上。他们都跟老婆聊什么呢？我可以想象到他们对老婆说的话，但是老婆又会怎么回答呢？

除了荒先生和平野先生之外，那些小说家、评论家，大部分的知识分子都到乡下逃难了，他们等待日本最后的命运，相信自己的人生。

然而，日本这么小，不管逃往何处，我们都无法判断敌军要从哪里登陆。我完全无法理解荒先生那不晓得打哪来的确信。他曾经口沫横飞、咬牙切齿地说：“费尽千辛万苦都要忍耐。”他确信的理由简直令人难以置信。也就是说，荒先生是个非常现实的人，不过本性却是个梦想家，平野先生也一样。我绝对不会战败，一定会高举双手，等别人把我救回家。真的是非常踏实的确信，不过我认为战争是盲目的、偶然的，只能凭实力，无法用正常的方式消化这破坏性强大的现实，只能看开。这是我们光凭意志根本就无可奈何的现实。

从女人毫无目标的微笑中，我总是忍不住想起荒先生咬牙切齿的模样，等到敌军登陆、战争开始后，荒先生又会何去何从呢？所幸敌军没有登陆，我们迎接一个意料之外的结局，荒先生也如愿进行他的计划，不过这个结局只是偶然。我经常思量，“费尽千辛万苦都要忍耐”能够在真正的现实中活下去吗？看着荒先生怀抱梦想看待现实，无论多卑贱都要活下去，经常像魔鬼一样大吼大叫的样子，我反而觉得女人毫无目标的微笑更让我感到现实的艰难与严峻。在女人毫无目标的微笑中，潜藏着魔鬼的乐天与无聊。

约莫六月中旬之际，东京已经化为焦土，我鼓起勇气，动笔撰写《黄河》的剧本。美其名曰剧本，实则为大纲。我振笔疾书，把花了半年多才读完的几十本书写成二十张草稿，写了一整夜。我只是为了躲避灾难，然而，为了躲避灾难，这半年我不知已经承受多少苦难，当我在报纸上看到日本电影社的标志时，我感到毛骨悚然。

我深深体会到一件事——人类终究不可能从事毫无目的的工作、明知不见天日的工作。

这是完全不可能的事。我终于还是写了剧本，但因为这不是正常的工作，所以我想要躲避这个深重的灾难，完全无法用心工作。我的心灵已经在那场战争里荒芜，根本不可能好好工作。我把写到一半的原稿烧掉，正是为了表现心灵的状态。我只是带着魔鬼的灵魂，打发无聊的时间，沉迷于围棋和阅读，偶尔望着女人毫无目标的微笑，玩弄那具向快乐沉沦的身躯。

寄予故乡的赞歌

我凝望青空。青空刺痛我的双眼。琉璃色的浪潮，呛得我喘不过气。我徜徉在青空里。然后，我化为透明的波浪。我用脊椎感受浪涛声。从那里，单调的节奏将缓慢的蠕动散布到天空里。

我憔悴不堪。夏季的太阳有如狂暴的湍流，锐利地将我刺穿。此时，我的身体软弱无力，宛如一阵浓雾飘落沙中。我已经无力注意自己是否有能力抵抗。于是，强烈又灼热的光线湍流，仿佛进入我体内，化为我的血肉。

这里有一座白色灯塔。戴着三角形帽子。将白日梦放进波光粼粼的大海。我尝到旧日回忆的滋味。前往佐渡的船只将一阵青烟送进天空。高耸的沙丘在海岸蜿蜒。沙丘的山腰处，种着一排抵御西伯利亚冬季寒风的胡颓子树。蟋蟀在太阳的强光下陶然欲醉。传出动人蝉鸣的松林随风摇曳，一路由山顶蔓延到城镇。我在胡颓子树丛中伫立。

我恰如沙丘上的瞭望台。瞭望台的窗户往四面开展，风景——色彩、气味和声音在窗外流逝。这些风景正是我自己。我透过瞭望台的窗户，把自己送进来。四季在我的体内孕育与成长。我将一切幻化为风景。于是，在我开始思考自我之际，我也成了在窗外流逝的风景。我感到一股远古的气息。有个声音不断地呼喊母亲。

我已经累了，再也无力追寻。长久以来，我一直在寻找。因此，我已积劳成疾。疲劳耗弱我的身体，几乎让我无以生存。偶尔，我甚至不知道自己身在何方。于是，残存的我，感到一股淡淡的疑惑。我的疲劳——打个比方，我盯着一只停在胡颓子枝上的虫子。虫子轻轻拍打它透明、纤细的羽翼。我发现我的身体再次化为透明的波浪。我的世界轻于浓雾，仅剩光与暗。虫子的羽翼在我身上映出淡淡的阴影，摇曳着。草丛把暑气留在灼热的空气中。虫子飞走了。掀动的羽翼猛烈地拍击着我的心脏。我喜欢沉浸在这股坠入太阳之中的美好晕眩中。

长久以来，我不断寻求各种事物。却没能抓住任何一种。于是，我两手皆空，已经失去追寻的目标。我感到悲伤。我想抓住悲伤，终究还是落空了。我缺乏悲伤的感受。我只能漠然地，感受那股越来越强烈的空虚感。在漫无边际的空虚里，火红的太阳升起、落下，夜晚降临。日复一日。

还有什么值得我寻求的事物吗？

我不停追寻。但是只能感受到自己狂热、虚掷光阴的体臭。我回头挖掘自己的回忆。有一天，我在记忆的最深处，找出一张满是尘埃的面容。那是一名少女。她住在我的故乡。我记得我们只说过一两次话，自从我离开故乡至今近十载，我们从未见过面。如今，我不知她是生是死。然而，那张我翻出来的、满是尘埃的面容上，却不可思议地充满活力。几天后，我再也无法分辨，那是面容的活力抑或是我本人的活力。我受到某种力量驱使，踏上旅途。煤烟熏黑我的双颊。

我回到故乡。

我的老家已经不复存在。我把装着四五本旧杂志和安眠药的包袱，扔在被烟熏黑的旅馆里，被夕阳晒到褪色的四张半大小的榻榻米上。

亮得过头的天空，更显得雪国灰蒙蒙的房子死气沉沉，满是苦闷，历久不衰。飘着雪的铅色天空，悄悄躲在镇上的某个角落。镇上弥漫着一股轻薄的情欲。社会新闻精心穿上棉质的盛装……我已经成了异乡人。无论是气候、风情、居民还是感情。大热天里，我把手揣在怀中，漫无目的地走在街上。打开窗户时，窗框不断传来微弱又清脆的声响。在沉睡的行道树中，这个声音平静地为我指出一条路。这份寂寞，为我带来往下走的力量。我用猜疑的眼神，望着每一位跟我擦身而过的女子。女子经过之后，我半带讽刺地告诉自己，她不是我要找的人。我暗自窃笑。我顽强抵抗，怕得不敢回头。一切都是偶然。请让我的悲伤、我的恋人（也就是那可笑的、充满谜团的恋人）在偶然之中与我擦肩而过吧。那应该不是她吧，我心想，有朝一日，这份懊悔能否让我的悲伤化为珍宝呢？

她是谁？……她到底是谁？我彻底回想她的面容，她正确的轮廓总会模糊，消失在我的眼底。我连忙闭上双眼，追逐那团逐渐消逝的形体。不过，那里只剩下黑暗。我想在那里重新打造新的面容。我把白色圆形放在黑色幕布前。加上眼睛，加上鼻子，加上嘴巴。在我的女神赋予我灵感之前，我平静地努力保护那个圆。白色的圆形不怀好意地伸缩。每当我加上一个特征，圆形就会抢在我之前，阴险地消掉另一个特征。为了阻止它的动作，我加快描绘的脚步。圆形也顺着我的怒火，宛如旗子般剧烈摇晃。我只能宣告放弃，睁开双眼。房子、树木、路面鲜明地映入眼帘，它们全数遭到太阳吞噬，这是现实之中的夏季。此情此景宛如奇迹，令我惊叹不已，痴傻地看了好一会儿。我在不知不觉中，抹去流淌在脸颊上的汗水。

在我心里，她是存在感极为薄弱的实体。我只记得少女时期的她。那是毋庸置疑的现实。然而，不知不觉中，她已经在我的心里长大成人。在我心里长大成人的她，跟那个在现实中长大成人的她，也许已经判若两人了吧。我心目中的她，也许早已化为一种概念，成为一种象征。不过，我追着这个概念，沐浴在北国海港小镇的阳光下，这样的我，既没有概念又缺乏象征。这就是现实中的我。如今，我走在满是尘埃、毫无生气的马路上。虽然我疲惫不堪，不过，我拥有生命与青春。因此，她还活着。她还拥有力量。除了见她一面，追寻她的脚步之外，我别无他想。

凝望着这样的我，我觉得我像梦境般遥远，也像是无边无际的风景。我在故乡落下点点足迹，同时感到现实中的这一瞬间，有如回忆中的梦境般遥不可及。我再也无法满足于这样的梦境与风景。也许我更喜欢把化为风景的我及化为风景的她，摆在我的心底。于是，化为风景的我，有如空气一般，在镇上流动。燕子，还有我，穿越过这座小镇。

镇上的尘埃、镇上的熙攘，深深渗入我身体里。即便悄然躲进森林里，渗入肌肤的熙攘依旧环绕在我身边。沙丘上，遥远的夜空中，人声鼎沸的脚步声仍然在我的肌肤底下蠢动。然后，消散到夜空中。于是，夜里的寂静及浪潮声，取代了那些逸散的杂音，清楚地渗入到我体内。我感到我体内有股清澈的声音。夜空、全宇宙为我带来甜美的宁静。

这天夜里，我再度前往镇上唯一的天主教堂，抛弃那些鼎沸人声留下的杂垢。黑暗的教堂传来儿时的华尔兹乐声。黑暗之中的阴影、可疑的浪潮，陷入我昏昏欲睡的梦里。白杨树浓烈的香气，熏得我睁不开眼。我听见吵嚷的蛙鸣。以前这里有个德国神父。我依稀记得他的黑色法袍与满脸胡子。因此，人们称这座映照着罗马风十字架的荒凉池塘为异人池。池塘被沙丘及白杨林围绕。我十岁的时候，经常来这里玩。白杨林已显秋意。阵雨和着巨响将叶片扫落，红色的夕阳从云隙间探头，我披上斗篷。当教堂的钟声响起时，我抛下钓竿，用尽全力跑回家。我在圣诞节的时候领过零食。穿越白杨林，可以看见寻常人家的灯火。那户人家的窗户没有关上。裸身男女在屋子里用餐，在阴影之中，健壮的肌肉清晰可见。以前，我的朋友住在这里。他长我四五岁。我们镇上的中学，就数他最孔武有力。他的柔道很强。当时我才一年级，我每天都会翻过教室的窗户逃跑，到海岸的松树林散步。他是个温柔的人。看到我逐渐步上他的后尘，为了让我远离他坠入的放荡，他把我狠狠训了一顿。大家都以为我是他的跟班。后来我被镇上的中学开除了。他出门打猎，被朋友的流弹波及，死了。

教堂的窗户一片漆黑，也没有祈祷的声响。我拼命阻止我那个想要高声呼喊的心灵。我听见嘈杂的进餐声响。

姐姐生病了，住进这座小镇的医院。她身上长了黑色肿瘤。她知道自己挨不过今年。她每天都要照射镭放射线。我父亲也死于肿瘤。我不怕遗传他的病。

姐姐是个聪慧的人，也是孩子们的好母亲。即使姐姐已经年老，也并未失去少女的睿智。姐姐信赖我。因此，我不想去见姐姐。那份亲情不适合早已化为风景的我，只会在我身上徒留痛苦的刺激。我是个失败者。我早已无力承担那份亲情。我们在同一片土地上，即使听说姐姐的病情，我还是每天犹豫，没去探病。漫无边际地走在路上，偶尔会闻到药味。我闭上眼睛，佯装若无其事。我吃着冰淇淋，专心舔舐小汤匙。

小镇的报纸讨论起太阳黑子的消息。

我不想探病，只打算走到医院前。我来来回回。护士看着我，我爬进医院。姐姐冲出来接我。她的模样，与正常人无异。只是她早已坦然看开一切，抱着死亡的决心。

当时，从乡下赶来探病的孩子们才刚刚离开。房里还留着没吃完的食物，乱成一团。火车载着兴高采烈的孩子们，在我的面前英勇地走过铁桥。为了让孩子们开心，姐姐不知戴上什么样的面具。她跟我聊起了孩子。还提到长女即将结婚的事。太多烦心事，让姐姐几乎忘记了自己的病情。我抽了好几根烟。姐姐帮我点火柴。姐姐把我的烟蒂放在手心，把玩个不停。姐姐说，她梦见了植物。

“真想为你办一场盛大的晚宴。”

姐姐三不五时地提起这件事。我对姐姐说起路易十四的宴会菜单。姐姐说她曾在山毛榉的森林里吃饭。我们两人都虚张声势地说着一些虚幻、不切实际的梦想。我跟姐姐约好每天来探病。孩子们没来的日子，我会留在医院过夜。

雪国的盛夏特别热，一整天都平静无风。然后，太阳下山，到了夜里，暑气仍然未消。姐姐很爱吃冰。窗外有一些沉甸甸的无花果叶。当月儿西沉，姐姐会在那些叶片上浇水。

过了几天，我总算遇见一个熟人。我们聊了两三句话，还没露出笑容就分开了。后来又遇见另一个人。他是年老的车夫，他经常叫我搭车。车子载着我，在大太阳下的石子路上掉头。他以宛如吟唱的口吻，向我诉说逐年增长的幸福。我开心地笑了，车篷跟着抖动。啤酒屋的女服务生正在擦拭大门。我们在车夫家享用西瓜。

她的老家已经住进其他人。年幼的少女靠在墙上，盯着露出电线的大门。在松叶的树荫下，门扉紧闭。三角形的阳光将阴影划开。

我竖起耳朵倾听。我悄悄避开人烟，抬头望着窗户。我笑了很久很久。我来到海边，到罕无人烟的银色沙滩，我跃入海中，爽快地冲入浪花里。光线在我的掌心留下白色的散射。随着海的深度归于平静。突然，我意识到死亡，我感到恐惧。我的身体比心灵更狼狈。我的手再也无法拍水，手脚都失去知觉。我吐出的海水发出尖锐的声响。我受到方才显现的欲望驱使，感受到近乎滑稽的悲伤。我爬回陆地。我躺在沙滩上。我陷入深沉的睡眠。

这天夜里，我在医院过夜。我一点儿也不想跟姐姐见面。因为我觉得我们之间的谈话一点也不切实际。我反省自己，发现自己根本没说过一句真心话。浮上心头的都是在强调与强制之下形成的产物。我突然发现我再也见不到她了。闷闷不乐的悲伤向我袭来，来得毫无意义又过于突然，而且我绝对无法下定决心。我对这场游戏已经失去兴致。我心无杂念地看着云朵，看了大半晌。

姐姐也为自己的谎言感到痛苦。姐姐不希望探病的客人口吐谎言，于是抢在他们之前先发制人，她开心地到处扯谎。那些谎言像是一顶白色的蚊帐。直到半夜熄灯之前，我们俩全都随口乱说一些自己的不幸，互相欺骗。当某人提到事实时，另一个人连忙转换话题，假装同情对方。没有人会为了虚伪的感情流泪。我们精疲力竭地睡去。

早上，趁姐姐还没起床，我钻出被窝，去了海边。

港口来了一艘六千吨的货船。港口又要繁荣了，小镇的人们一直在传这个好消息。我在后街闻到厨房油腻的味道，同样在后街，从打开的格子窗传来脂粉味，呛得我不能呼吸。水垢的味道熏得我睁不开眼。于是，我仰望太阳。我的归心又蠢蠢欲动。

我看见东京的天空。被我遗忘在东京的影子，在人潮里，被人来回推挤，几乎快要粉碎，不停喘息。无言的影子伤痕累累，一脸不悦。我再也没时间流淌虚伪的泪水。所有的一切都迫切地向我逼近。我感到历历在目的悲伤。我必须回到坟墓。

我们在饭店楼上共进最后一餐。随着越来越多的街灯亮起，我感到异常焦虑。姐姐被我的气势压倒，默不作声。我们前往车站，我们无言以对。火车开动了，我兴奋地不断挥舞帽子。

别离，竟是这般苦涩。

我是谁？

这个月，我不得不参加五场座谈会，因而感到十分困扰。小说家只能靠思考来写作，根本讲不出什么大道理。只会讲一些傻话，像是我喜欢或是讨厌某某人。

对于文学家来说，写作才是一切吧？

我不想参加座谈会，不过石川淳①已经抢先一步宣称他拒绝出席座谈会，如果我讲了跟他一样的话，似乎很无趣，只好心不甘情不愿地出席，不过都没好下场。

与林芙美子②对谈时，由于林女士迟到，在她到场之前，我们已经干掉一瓶威士忌，喝醉了。后来有一场是太宰治③、织田作之助④、平野谦和我，又有一场是太宰、

① 石川淳（1899—1987），日本小说家、评论家、翻译家。代表作《紫苑物语》。

② 林芙美子（1903—1951），日本小说家。代表作《放浪记》。

③ 太宰治（1909—1948），日本小说家。代表作《人间失格》。

④ 织田作之助（1913—1947），日本小说家。代表作《夫妇善哉》。

织田和我三个人，这两场织田都迟到了两个小时（为了赶报社连载），座谈会还没开始，太宰跟我已经醉到什么都不记得了，这两场座谈会，我只记得自己说的第一句话。看了现场速记的原稿，我才发现原来我喝醉的时候一派胡言，真可笑。

我不负责任地大放厥词，说了不少大话，很可悲，不过读者一定很高兴，我本来就喜欢当读者的玩具，即使当个大笨蛋，我也不觉得难过。

不过我不喜欢座谈会。原因在于文学不是靠嘴巴讲的。文学应该用写的。除了座谈会之外，我也不喜欢对谈或是跟朋友聊天。

我大约在二十七岁时加入文坛，发行《文科》杂志。发行的出版社是春阳堂，大家长是牧野信一[①]，其他同志

---

① 牧野信一（1896—1936），日本小说家。代表作《地球仪》《赛隆》《酒盗人》《鬼泪村》。本书的《玩具箱》即为牧野信一的生平。

包括小林秀雄[①]、河上彻太郎[②]、中岛健藏[③]、嘉村礒多[④]和我，在这期间，我经常跟牧野、河上和中岛一起喝酒，酒过三巡才能谈论文学，当时盛行互相批评，河上老是逼我喝酒，不知不觉中，我也认为文学家就应该是这样。小林秀雄是最啰唆的评论家，其次是河上，中岛则是好好爷爷、好好先生，只有牧野信一不擅长争论，喝醉酒就开始自我迷恋，不过他是个阴晴不定的人，不太容易喝醉，没喝醉的时候通常很沮丧。他一喝醉酒，大家马上就会发现。这时，他会加上称谓，称自己为“牧野先生”，接着开始炫耀自己的小说。

醉醺醺地抨击对方的文学，在当时被我们称为“纠缠”。纠缠与被纠缠，只要喝酒就是一连串的纠缠与被纠缠，如果不这么做，就称不上文学家。像我这么保守的素朴实在论者，突然受到坏朋友的影响，也曾经为了文学的

---

① 小林秀雄（1902—1983），日本文艺评论家。

② 河上彻太郎（1902—1980），日本文艺评论家。

③ 中岛健藏（1903—1979），法文学者，日本文艺评论家。

④ 嘉村礒多（1897—1933），日本私小说家。代表作《神前结婚》。

现况感到烦恼，真是可悲。当时，我很喜欢跟中岛健藏一起喝酒。因为就只有阿建老师不会纠缠我。他喝醉之后，从头到尾都在傻笑，成了一尊微笑的大佛，虽然很多话，但是不会纠缠我。总之，他喝醉酒也毫无意义，酒这种东西，本来就没有意义，所以他会这样也很正常。什么喝酒会精神亢奋，提升灵魂的层次，分明就是傻话。

最近的年轻文学家应该都是采用这种“纠缠”的喝法吧。他们应该更聪明吧。酒不是什么好东西，不需要讲究礼仪，也不用装模作样，最好还是不要用纠缠这一套吧。喝醉酒才谈论文学，本来就不是什么好事。即使没喝醉，也不该谈论文学。文学要用写的、用读的。把一切写下来，然后阅读。聊文学的人只不过是一个没有灵魂的空壳罢了。这是显而易见的事实。

因此，文人雅士的座谈会应该讨论散文，不应该谈论文学。要是读者认为文学本来就应该如此，那可就糟了，文学应该经过思考、书写再诞生。

座谈会应该讨论故事、散文与漫谈，不过我不知道其他业种的座谈会又是如何。

文人只有在书房里，才要摆出一本正经的表情，离开工作桌的时候，应该是个普通人。

首先，一本正经只代表当事人的心情，文学就是文学，二者之间没有关系。

不用斋戒沐浴，也不用正襟危坐，即使盘腿写作、躺着写作也没关系，只要能写就行了。这阵子天气冷，我家没有炭火也没有暖炉，只能窝在被窝里写作。写作的时候，不畏寒冷，一本正经地正襟危坐，全都是假的、都是些骗人的话。

文学本身就是低俗的工作。因为人类是低俗的生物，作家要专注面对这些人，当然很低俗。

写一些有趣的文章或是受欢迎的文章，真的好吗？不管是作家精神还是“如何活下去”，这些问题只要留在我们心里就行了，不用向别人炫耀。不需要向别人展示，也不用公告周知。

司汤达[1]曾说：“五十年后，应该会有人了解我的文

① Marie-Henri Beyle（1783—1842），法国作家，代表作《红与黑》。

学。”事实上，他的作品也确实在他过世五十年后才开始流行，生前根本乏人问津。爱伦·坡[1]死于贫穷，石川啄木[2]为了贫困所苦。

贫穷并不可怕。阁楼诗人波德莱尔[3]总是穿着一尘不染的洁白衬衫，唱着摇篮曲或是哼着歌。他没有洁癖。波德莱尔是个性格开朗的人。

不仅文学不受世人理解，所有人的宿命全都是这样吧？每个人都想获得全天下的理解，却不能如愿。不对，就连我也不了解我自己。

不被理解确实很无奈。我也有无奈的时候。这并不是文学家、艺术家的专利。所有人都一样，这事只能无奈。

这四十年来，我一直写着不流行的小说，可以说是典型的阁楼诗人（我真的住过三年阁楼），曾经跟随牧野信一连夜逃跑，他们一家人寄人篱下，我也跟着寄住在他

---

① Edgar Allan Poe（1809—1849），美国作家，代表作《乌鸦》《黑猫》《莫尔格街凶杀案》。

② 石川啄木（1886—1912），日本诗人，代表作《一握之沙》。

③ Charles Pierre Baudelaire（1821—1867），法国诗人，代表作《恶之花》。

们寄人篱下的家，寄住在寄人篱下的家，真的是很少见的情况。而且我还过得悠然自得。因为对方已经寄人篱下，能理会我的心情，于是同情寄人篱下的人。如果要寄人篱下，请寄住在寄人篱下的人家里。事实上，再也没有人比牧野信一更重视、同情寄人篱下的人了。我觉得在这方面，丰岛与志雄[1]老师跟牧野先生有点像。丰岛先生对我说："来我家玩吧。半夜也没关系。要是你无处可去的话。"他曾经这么说过。丰岛先生不得不说这种话，因为他也是个寂寞的人。他本人肯定是个放纵派、放浪形骸的人，不管是牧野先生还是丰岛先生，作风都很洋派，爱面子，还是花花公子，却极度软弱。不过我绝对不会在半夜叫醒丰岛先生，因为事情攸关性命，我很清楚老师会一跃而起，端出他的棋盘，不管我多累，他绝对不会轻易放过我，直到天亮或是太阳再度西沉。

牧野信一曾经在半夜叫醒中户川吉二[2]，结果中户川

① 丰岛与志雄（1890—1955），日本小说家、儿童文学家。

② 中户川吉二（1896—1942），日本小说家。

气得跟他绝交，我最讨厌一旦半夜被吵醒就会发脾气的人了。过年的时候，尾崎士郎[①]喝了原子弹等级的烈酒（伊东产，含丁醇的酒），醉到不省人事，把正好到伊东旅馆避难的幸田露伴[②]老师吵醒，他先是表演跳舞，又说现在日本最伟大的小说家就属露伴老师跟他自己，拍胸脯保证之后才回家，第二天才后悔莫及。不过后悔也于事无补。没关系。露伴老师是个大人物，即使深夜被吵醒，听了一些无聊的吹牛的话也不会生气。后来，露伴老师告诉其他访客，尾崎士郎老师看起来一副老实人的样子，其实可是只凶猛的猫，不过我看他应该不是猫。难道是老虎吗？据说老师表示的应该是老虎吧。说着说着，他开心地笑了。

至于我结识尾崎士郎老师的经过，要回溯到十年前，不对，应该是二十年前吧，我在《作品》这本杂志上，发表《摒除淡泊风格》这篇文章，严厉批评德田秋声[③]老师，尾崎士郎非常愤慨，认为我对前辈非常失礼，于是透

---

① 尾崎士郎（1898—1964），日本小说家，代表作《人生剧场》。

② 幸田露伴（1867—1947），日本小说家，代表作《五重塔》。

③ 德田秋声（1871—1943），日本小说家，代表作《伪装人物》。

过竹村书房向我提出决斗的要求，地点在帝都大学[①]的御殿山，那里的风景很美。他是新派的人。我一口答应，在指定的时间抵达，我们先去喝酒，从上野喝到浅草，又喝到吉原河堤的马肉店，天色终于亮了，结果我们一路喝到中午，一回家我就吐血了，非常凄惨。这场跟尾崎士郎的决斗，我是输家。

他说我是一个对前辈没礼貌的家伙。他说小说家只会讲一些傻话。他讲起话来就像一个大侠。要是打倒苏格拉底、柏拉图和亚里士多德应该会带着棍棒闯进御殿山吧。他前几天才挖苦过太宰治，太宰治很难过，不过他说对方是前辈，就算了吧。真是太有趣了。写小说的家伙全都是这样的傻瓜，异于常人、老派又虎头蛇尾，只会说一些傻话，所以大家只要读他们的作品就好了。小说家本人只是灵魂的躯壳。

我想写什么呢？对了，对了。我公开宣称自己最讨厌

---

① 东京大学的前身。

严肃的事情。不过我不懂该怎么把话说得有条有理，只能说些废话来浑水摸鱼。这是不对的。也许我瞒得过读者，却骗不了我自己。尽管如此，我本人并不是严肃的存在，这是显而易见的事实。

我曾经住在阁楼、连夜跑路，偶尔也会遇到差点活不下去的情况，别人来催我还债的时候，我表现得很凶狠，其实心惊胆战。然而，除了胡扯之外，我一无所长。我深爱自己。我对自己的才能深具信心。我曾经说过，即使当今社会不能接受，我也会活在历史之中。这全是一派胡言。其实我根本不相信。可是，如果我不这么说，我将会失去活着的依据，所以我才会说这种话。当我还在阁楼写小说的时候，从来没想过会有人读我的小说，甚至把它当成玩具。我总是很无聊，过着宛如嚼沙的空虚日子。我到底是谁？为了什么而活？我已经找不到能自问的问题了。自问就是我的本性，我的骨肉，就是我这个人。

如今，我已经抛开一切，随时都能放下。以后怎么样都没关系。我不晓得未来将会如何。

司汤达老师！五十年后，应该会有人了解、阅读我的作品。您在说笑吧？您自己相信这件事吗？有人阅读自己的作品，是怎么一回事呢？人都死了，五十年后才有人读，又有什么意义呢？这是幻象、是空想。

人生苦短，艺术悠长，这是人世的定理。对艺术家来说，艺术的长度应该等于人生的长度吧？艺术家只有这段人生。艺术是活着的同义词。一旦我死去，我就画上句点。我不清楚艺术会不会留下来。再怎么说，这都是一件令人不舒服的事。即使我死去，我的名字依然会留下来，被别人写成传记，用来赚稿费、养老婆或是拿去喝酒，唉，我好难过，我根本抽不到任何版税。我从没期待过自己的艺术会流传后世，或是自己死后还有读者阅读我的作品。

我已经抛开一切。无论未来如何，我都会这么做。我不会找借口。因为是我自己选择这么做。我不了解我自己，所以我要这么做。还有，唉，没有错，我就是这样的人。

我会写作，因为这就是我。我写作不是为了追寻自己。我曾经想写一些编辑喜欢的趣味小说。有一阵子，我也打算勇往直前，不管写什么都好，只要写就对了。每个时期都有各种荒唐的念头。然而，思考与写作是两回事。写作本身就是我的生活。司汤达老师曾说：“我热爱阅读与写作。”我则是“热爱写作”，阅读与思考都是写作的一环。有时候，我不期待自己的爱能改变什么。我只确定我真的热爱写作。总之，我只能不断写作。

然而，我只是乱写一通。全都是乱写。尽管如此，写作的时候，写作就是我的生活。这一点毋庸置疑。

只有在看上女人的时候、喝酒的时候，我才能嘲笑自己，忽视事实。我写小说，只是为了赚钱。我不明白。虽然我不敢断定，我自己就像个难以捉摸的影子，谈恋爱的时候、酩酊大醉的夜晚，我总觉得自己像个影子。

我觉得“写作”是我唯一的生活，写作绝非乐事，反而是一件苦差事，即使要牺牲其他事物，我也不会后悔。这件事并不是减法关系或是可以评估的利害关系。

写作很有趣，也有一些快乐的部分。不过，快乐令人不安，经常背叛人类（因为越快乐的人越缺乏做梦的能力），我不认为我会被写作背叛。我能力不足，不得不写。因为我心里感到些许不安，所以我写作。写作可以让那些被写下来的内容成为真实的存在，没被写下来的事物，自然不存在。我只能存在于两者的区别之间，而且只能存在于区别里。

然而，我活着，只有写作这件事能让我生存、活下去。我已经不在乎过去那些我乱写的小说了。小说写完就与我无关了。我抛下它们。不管它们会不会进入这个社会，或是被别人揉成一团，都无所谓。我再也管不着了。

我总是活在未来之中。未来要做什么，未来应该认同什么？我希望别人认同我的哪些部分？总之，我总是处于对未来的期待之中，随时赌上我的性命。

为什么我必须不停地写作？我不明白。原因有很多种，它们看似真实，似乎又不切实际。无论是知识还是自由，全都令人不安。像是众人的阴影。我感受不到在自己体内稳定的存在。

于是，我只能肯定自己，这件事，跟放弃自己可以完全画上等号。

我总是乱写小说，写到一半就放弃，我从来不曾梦想过，艺术应该是悠长与永恒的。也许我喝醉的时候，总会大肆吹牛，以为自己是大艺术家，其实我只是个大笨蛋，我只能漫无目的地徘徊在现在与未来的影子里。

近来，总算有读者阅读我的小说，不过我并不觉得有趣，我还是那个寄住在阁楼里的我，即使年过四十岁，我也从不觉得自己有所改变。我的灵魂没有进步，不曾提升，没有成长，也没有变化。

我只是不停地徘徊。在徘徊的过程中死去。于是我画下句点。我写的小说将会如何？对我来说，死亡就是我的终点。我不会留下遗书。除了活着之外，我不会做其他事。

我是谁？我是个傻瓜。我不了解我自己。这，就是答案。

坂口安吾文学小旅行

新潟城区旅行路线
——细数他欲语还休的乡愁

①JR新潟车站→②万代桥→③坂口老家遗迹→④大神宫（生诞碑）→⑤安吾风之馆→⑥寄居滨安吾碑

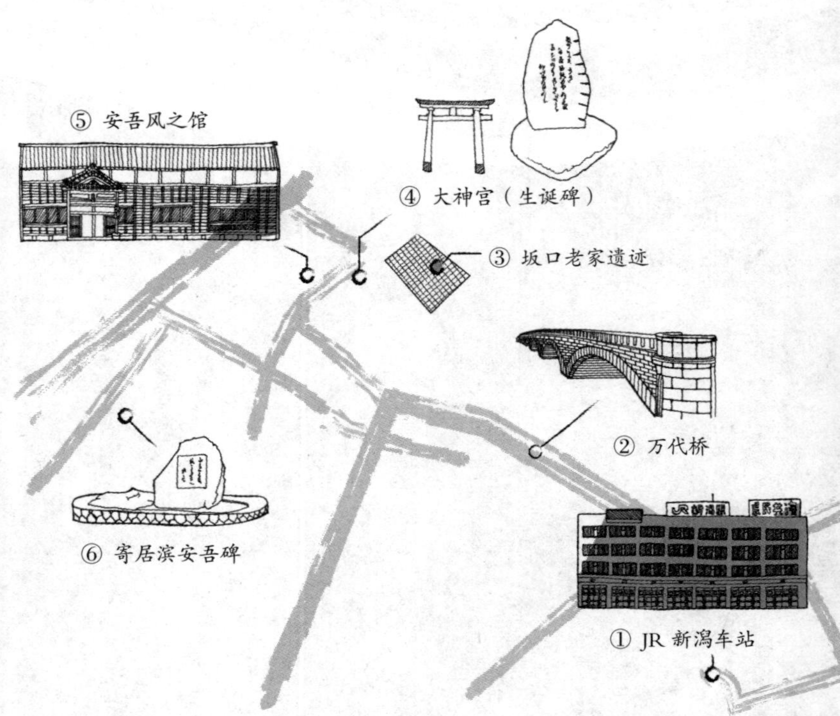

新潟铁路巡游

——在盛开的樱花林下慢行

① JR新津车站→② 大安寺坂口家之墓→③ 松之山→④ 大栋山美术馆→⑤ 安吾岩

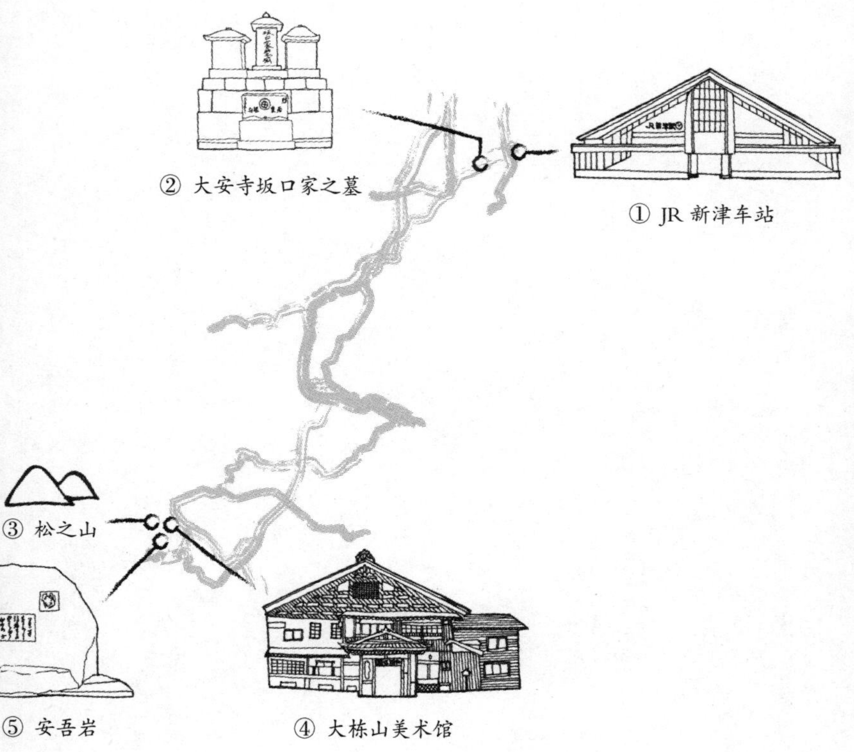